휘날리는 태극기

휘날리는 태극기

발행일 2021년 1월 12일

지은이 최영만
펴낸이 손형국
펴낸곳 (주)북랩
편집인 선일영 편집 정두철, 윤성아, 최승헌, 배진용, 이예지
디자인 이현수, 한수희, 김민하, 김윤주, 허지혜 제작 박기성, 황동현, 구성우, 권태련
마케팅 김회란, 박진관
출판등록 2004. 12. 1(제2012-000051호)
주소 서울특별시 금천구 가산디지털 1로 168, 우림라이온스밸리 B동 B113~114호, C동 B101호
홈페이지 www.book.co.kr
전화번호 (02)2026-5777 팩스 (02)2026-5747

ISBN 979-11-6539-581-0 03810 (종이책) 979-11-6539-582-7 05810 (전자책)

최영만 장편소설

휘날리는 태극기

코리안 디아스포라의 상처를 치유하고
대한민국 번영을 이끈 두 사람 이야기

북랩 book Lab

작가의 말

건국 대통령의 평가로, 이승만 대통령에 대한 평가를 한다.

국가 통치자는 백 년 앞을 내다봐야 하고, 국제 정세가 어떻게 움직일지 예측이 가능해야 한다고 말하는 사람이 있다. 그렇지만 그만한 능력을 가진 통치자가 세상에 어디 있을 것이며, 도덕심 또한 강한 통치자가 어디에 있을 것인가. 이승만 대통령이 대한민국을 세우기까지는, 민족 지도자 김구의 '단독 정부 불가'라는 곡절을 넘었다. 이는 배재학당에서 선교사들로부터 인간 자유에 대해 배우고, 자유민주 국가인 미국에서 생활을 했기에 가능했다고 생각한다. 이승만은 상해 임시정부의 초대 대통령으로 추대되었다. 유구한 역사를 지닌 우리 한민족이지만, 이미 일본 국가가 되어버린 현실에 대통령직은 의미 없음을 깨닫고 임시정부에도 참석하지 않아 결국은 탄핵까지 당했다. 그렇지만 국가의 틀을 자유 민주주의 국가로 만든 대통령이었음을 이 소설을 빌어 말하고 싶다.

번영 대통령의 평가로, 박정희 대통령에 대한 평가를 한다.

국가가 처한 경제적 위기를 타파하기 위해, 당시 월남전에 5천여 명의 목숨을 내놓기까지 하였다. 때문인지는 몰라도 박정희 대통령을 두고 카리스마가 있는 통치자라고 말하기도 하는 것 같다. 그렇지만 반대편에서는 쿠데타로 정권을 잡은 독재자라고 저평가를 한다. 당시의 경제적 위기 상황에서는 칼을 쓸 줄 아는 대통령이 절대로 필요로 했음을 알 수 있다. 좋은 것이 가능한 많이 자기에게 주어져야 한다는 것이 인간의 기본 심리일 것이다. 당시 통치자로서 국민을 배부르게 하려는 통치를 했으면 감사하다는 마음이 있었어야겠지만, 현재의 상황을 보면 통치자를 헐뜯는 데 혈안이 되어 있다. '돈은 내가 번 거지. 국가가 준 거냐.'고 말할지도 모르겠다. 그러나 돈을 벌 수 있게, 그만한 밭을 일구게 한 사람이 누구였는지 입이 있으면 말해 보라! 말하지만, 아닌 것은 하늘이 무너져도 아니라고 해야 하고, 인정할 것은 인정하자는 것이다. '아무리 좋은 이론이 있다 할지라도, 그것이 마음에서 행동으로 옮겨질 때만이 가치가 있다.'는 말이 있다. 곧 결과가 중요하다는 것이다.

『휘날리는 태극기』를 한 권의 책으로 묶어 준 출판사 북랩 여러분들의 노고에 무한한 감사를 전한다.

목차

건국 대통령, 이승만

"동작동 국립 현충원에서 이승만 대통령의 묘를 파내야 한다는 사람도 있나 봐."

이승만 대통령의 대한 어느 부부의 대화이다.

"국민의 생각이 어디 다 같겠어. 반대말을 하는 사람도 있겠지."

"그래도 그렇지. 묘를 파내야 한다는 말까지는 심한 것 같다."

"그건 당신 입장이지."

"그러면 자기는?"

"내가 말하는 것은 자유 민주주의 국가이니까 그런 말도 할 수 있다는 거야. 다른 말이 아니야."

"그렇기도 하겠다. 오늘의 북한을 보면…."

"북한은 아주 특별한 체제이고, 오늘의 중국을 봐. 종교 활동도 못 하게 하잖아."

"종교 활동?."

"그래 종교 활동. 종교 활동은 곧 자유를 말하는 건데 말이야."

•

자유 민주주의가 무엇인지 모르는 사람은 아마 없을 것이다. 그리고 자유 민주주의 국가를 세우는 사람은 여러 식견과 철학과 통찰력과 카리스마 없이는 불가능하다 할 것이다. 그런 점에서 이승만을 4·19를 발발하게 한 나쁜 지도자로만 매도해서는 안 된다. 현재 민족 지도자 김구를 높이지만, 김구는 한반도가 갈라져서는 안 된다고 고집이었다. 그렇지만 강한 나라가 침략하고 약한 나라가 침략을 당했던 당시 국제 정세로 볼 때, 공산 국가가 북녘을 점령해 버린 상황에서 어쩌자는 것인가. 자유 민주주의 국가를 포기한다면 또 모를까.

"국가가 뭘 해주길 바라지 말고, 국가를 위해 무엇을 할 것인지를 생각해 달라고 미국의 케네디 대통령이 말했다던데, 그 말은 대통령이 해서는 안 되는 말 아냐?"

"대통령 입으로…?"

"그렇지."

"그런 말은 국민이 해야 할 말이지, 대통령이 할 말은 아닌 것 같은데…."

저는 미국 대통령으로서 어느 대통령들보다 잘해보겠다고 대통령에 출마를 했고, 국민들께서는 잘해보겠다고 한 말을 전적으로 신뢰하고 저를 대통령으로 선출해 주셨습니다. 그래서 저는 미합중국 대통령으로서 살맛 나는 국가를 만들 각오입니다. 그러므로 국민들께서는 춤도 추고 노래도 하십시오.

"그래? 그러면 나도 말해볼게."

우리 미합중국은 통제가 아닌 본인의 생각을 마음껏 펼쳐 보겠다고 달려온 사람들로 뭉쳐진 국가입니다. 그것을 상징하는 건물이 바로 앞으로 대통령으로서 기거할 백악관입니다. 백악관이 흰색인 의미를 설명하자면, 악은 없고 오로지 선만 존재한다는 의미입니다. 이는 인간의 절대 가치인 자유 민주주의 국가를 말합니다. 우리 미합중국은 그렇습니다. 그러나 소련의 상징 크렘린궁은 건물의 모양조차도 공격적이라는 느낌입니다. 지붕마다 뿔이 달린 모양새고, 건물 색깔도 알록달록한 것을 보면 말입니다. 대통령 입장에서 남의 나라 전직 통치자의 성향까지 말하기는 조심스럽지만, 스탈린은 인민을 인간으로 보는 게 아니라 통치수단쯤으로 보는 것 같습니다. 전쟁 중인 진지에 간 스탈린이 동네 개가 짖는 소릴 듣고 병사에게 명령하기를 '어서 가 죽이고 와.'라고 하고, 병사는 명령에 따라 개를 죽이고 와서 '죽였습니다.'고 말합니다. '뭘 죽였어?', '예. 개를 죽였습니다.', '누가 개를 죽이랬어? 개 주인을 죽여야지.'라는 대화가 이어집니다. 슬픈 일이지만 이것이 공산주의 세력입니다. 그러니까 공산주의 세력은 '인간답게 잘살자'가 아니라 상대 국가의 침략에 그 목적을 둔다는 것입니다. 소비에트 연방조직의 존재는 거기에 있다고 보면 될 것입니다. 그런 점에서 말씀드린다면, 우리 미국의 존재 목적은 공산세력의 침략 의도를 원천 봉쇄하자는 데 있습니다. 그렇습니다. 우리 미국은 국제적 분쟁이 일어나지 않게 하는 지킴이 국가이기도 합니다. 그러니까 수많은 약소국가들을 보호해 주고, 거기에 더해 안정된 국가를 만들자는 데 그 목적이 있습니다. 때문에 우리 미국이 감당하고 있는 군사 기지가 50여 개국에 있습니다. 대통령은 이런 문제

까지도 지혜를 발휘하고 용감하게 서 있어야 한다는 것이 저의 각오입니다. 그런 각오를 다지고, 우리 미국 국민들을 실망시키지 않을 것을 약속드립니다. 굳이 부탁의 말씀을 드린다면, 저를 믿고 노래 부르고 춤추며 열심히들 사십시오.

"괜찮은 말이기는 하다."

"괜찮은 말이 아니라 분명한 말이잖아."

"살살 말해, 위압감 들지 않게…."

"뭐? 위압감? 알았어, 알았고. 우리 대한민국은 자유 민주주의 국가잖아. 자유 민주주의 국가로 만든 것은 이승만 대통령의 업적인 거야. 아니라고 반론을 펼 사람도 있을지 몰라도…."

"당시 정치적 일을 모르기는 해도 국가를 통치하면서 '대한민국'이라는 국호를 만들기조차 순탄하지 않았을 거야."

"그랬겠지. 이념과 사상이 각기 다를 테니 말이야."

"'뭉치면 살고 흩어지면 죽습니다.'는 이승만 대통령의 말이 지금도 회자되고는 있지."

"민족 지도자로 대접받는 김구도 다른 생각을 가졌다면, 단독 정부는 어려웠을 거야."

"그래서 말인데, 이승만 대통령은 정말 정치인이야."

"뭘 보고?"

"그동안 경험해보지 못한 국가를 세우는데 세계인들이 놀랄 정도라니 말이야."

"업적이 뭐더라?"

"업적을 다 말하기 어려운 부분도 있어."

"그러면 큰 틀에서만…."

"큰 틀에서는 자유 민주주의, 자유시장 경제, 한미동맹, 종교 자유… 이 네 가지만 봐도 그래."

"그게 미국식 민주주의?"

"그렇다고 봐야겠지."

의식주 다음으로 자유가 아니겠는가. 그러나 자유라는 말을 국가적 측면에서 봐야지. 개인이 사용하면 밝은 사회를 어지럽게 하는 방종이 된다.

"그런데도 이승만은 고집불통이었다는 평가를 받잖아."

"고집불통?"

"그렇잖아. 누구의 말도 안 듣고 마구 밀어붙였으니 말이야."

"고집불통이라는 말을 들을 수밖에 없었던 것은 대통령으로서의 정치 철학 때문이라고 하던데."

정치철학이란 뭔가. 어떤 국가를 만들겠다는 평소의 생각을 그대로 펼쳐서 지구가 요동치고, 하늘이 무너진다 해도 소신대로 밀고 나가겠다는 고집인 것이다.

"그리고 토지개혁은 종(노예)이라는 말 자체를 없애기 위한 방책이라는 말도 들은 것 같은데, 맞는 말이겠지?"

"그렇지, 이승만 대통령이 토지개혁을 중요하게 여겼던 점이 바로 그거야. 예전에 경상도 최 부자가 선하게 살았다고는 하지만, 당시 소작인들은 최 부자를 하나님처럼 여길 수밖에 없었던 사회구조였던 거야. 그런 잘못된 사회구조를 이승만 대통령은 바로잡자는 것이지. 그게 바로 토지개혁이었어."

"자기는 이승만 대통령 생각을 잘 아는 사람처럼 말하네."

"아는 게 아니라, 아무나 생각할 수 있는 상식 아냐?"

"아무나 알 수 있는 상식?"

"그래 상식. 이승만 대통령의 토지개혁은 지배를 받는 사람이 없게 하자는 신념에서 비롯된 거야. 그런 생각은 미국으로 건너가기 전부터 하고 있었던 거야."

"그래?"

"이승만은 미국 선교사가 세운 배재학당에서 신학문을 배우다 보니 새로운 눈이 뜨였다고 하잖아."

당시 이승만은 고종에게 위험인물이었다고 한다. 그러니까 이승만은 정치적으로 제거되어야 할 요주인물이었던 것이다. 때문에 이승만을 그냥 두면 이씨조선 왕조가 무너질지도 몰라 사형 언도까지 한 것이다. 그러나 사형 언도를 했다고 해서 아무 때나 사형 집행을 할 수 있는 것은 아니었나 보다. 민심도 봐야 하고, 정치적 계산도 했을 것이다. 그래서 며칠을 더 두었다가 사형 집행을 할 것이니, 시체만은 찾아가라는 소식을 이승만 부모에게 전한 것이다. 그리고 그 소식을 들은 이승만의 부모는 사형 집행 날짜에 맞춰 아들의 시체를 찾으러 간다. 그런데 다행히 사형 집행 전이었던 것이다. 이승만의 부모는 사형 집행이 안 된 것이 다행이었지만, 반면 의아하게 생각한다. 당연히 되었어야 될 이승만의 사형 집행이 안 된 것은 고종의 생각이 바뀌었기 때문이다. 그러니까 이승만은 국가적으로 필요한 인물이었던 것이다. 그것은 이승만이 천재적 두뇌를 가지고 있어 영어를 능통하게 잘했기 때문이다. 고종으로서는 이승만이 죽일 놈이기는 해도 국가적으로는 써먹을 만한 인물이었던 것이다.

"그렇게 된 것이 아니라고들 하는 것 같은데."

"아니라고 말할 자유가 있기는 하지. 한성감옥 얘기가 지금도 다뤄지는 것은 이승만 때문이라고 봐."

"그렇구나. 그런데 일본은 어떻게 다뤘을까 몰라."

"일본을 다루다니?"

"일본이 패망은 했으나, 세계 전쟁까지 일으킨… 그러니까 우리 민족으로서는 부러움의 대상이잖아."

일본은 태평양 전쟁에 패하기는 했으나, 그 자존심은 어느 나라 국민들도 당해낼 수가 없다. 때문에 미개한 아시아인들에게 도움을 주고 서구열강의 침략으로부터 아시아를 지켜내기 위한다는 명목으로 전쟁을 일으켰지만, 아쉽게도 일본 본토에 투하된 핵무기 때문에 미국에 졌다.

"세계 전쟁을 일으키기까지 한 일본인데 이승만 대통령은 일본을 어떻게 다뤄야 할지 연구를 했을 거야."

"그랬겠지."

"그건 그렇고 인터넷을 보니 이십 대 초반의 이승만 대통령은, 고종 임금 치하에서 못 살겠다며 장외 행사를 조직하고, 만민공동회 최고 연사로 일본에서 활동하던 박영효를 내세워 고종의 폐위와 공화정을 주장하는 개화파 지식인 막내였다고 해. 이로 인해 투옥이 되었는데, 거기서 탈옥을 시도하다 사형수가 되어버렸지. 그때도 고종을 끌어내리는 것만이 민족을 지키는 유일한 방법이었다고 생각했는데, 거사가 실패하고 나라를 빼앗기자 상당수의 국민들이 오히려 박수를 쳤고, 나중에 이토 히로부미와 이완용이 전국 순회 정책 설명회를 열었을 때, 태극기와 일장기를 흔드는 엄청난 인파가 몰려들기도 했다고 하더라고."

"그렇구나."

"이런 얘기가 이승만을 말하는 사실이라고 생각했는데, 토지개혁까지는 몰랐네."

"토지개혁은 양반은 영원한 양반, 종은 영원한 종이라는 잘못된 구조를 근본적으로 뜯어고치겠다는 일념에서 진행한 일이라고 보면 될 것 같아."

"그러니까 종으로 살지 말라는 제도?"

"그런 말이 나와서 말인데, 여자 싫어할 남자는 없겠지만 지주들마다 정실은 안방만 지키게 했다는 말은 사실일 거야."

"이승만 대통령 말하다 엉뚱한 말을 한다."

"말을 하다 보면 엉뚱한 말도 하잖아."

"그렇기는 해도."

"이승만 대통령의 생각이 거기까지 미친 것은, 감수성이 민감한 청년일 때 선교사들로부터 교육을 받은 이유였겠지. 그러니까 자유 국가인 미국을 모델로 하고 싶었을 거야."

"이승만은 장로라고 하는데, 장로 안수는 미국 교회에서 받았겠지?"

"아니야. 한국에서 받았다고 해. 서울 정동교회에서 말이야."

"이승만 대통령은 기독교의 장로라 주일 예배를 드리는 것이 당연했을 거야. 하지만 군목, 교목, 형목을 세우면서 국가에서 주는 목회 월급으로 진행했다면 비기독교인들은 말을 할 것도 같은데 조용한 것은 왜였을까?"

"국가에서 주는 월급이기는 해도 본인 지갑에서 빠져나가는 돈이 아니라 신경을 안 쓴 것은 아닐까?"

"말이 되네."

"청년 이승만을 아펜젤러 선교사가 미국으로 데리고 간 것은 목사로 키우기 위해서라고 말하더라고."

"생기기도 멋있게 생겼지만 머리가 매우 영특해서?"

"봐, 남의 나라말인 영어를 유창하게 하려면 얼마나 어렵겠어. 그런데도 이승만은 언어적으로 미국 관료들을 능가했다는 이유로 사형 집행 직전까지 갔지. 비록 풀려났지만 말이야."

"어떻든 이승만은 아펜젤러 선교사가 세우려 했던 목사직은 그만두고, 대한민국 초대 대통령이 된 거잖아."

"그런 문제가 매우 어려웠나 봐. 굳건한 신앙 문제[1]와 새로운 국가 건설 문제를 놓고 말이야."

"어떻든 이승만은 대한민국 대통령이 되고서는 기뻤을까?"

"그것은 이승만 대통령 묘소에 가서 묻든지 해야겠지만, 첫 국회 개원에서 국가를 위해 기도부터 하자는 이승만 대통령의 제안에 모

1) 이승만은 한성감옥에 갇혔던 사형 집행 직전에 그 무엇으로도 해석할 수 없는 영적 세계를 체험했다고 한다.

두가 동의를 했고, 목사이기도 한 이윤영 의원이 대표 기도를 했는데, 그때의 기도문이 국회에 그대로 남아 있다고 해."

우주와 만물을 창조하시고, 인간의 역사를 섭리하시는 하나님이시여!

이 민족을 돌아보시고 이 땅을 축복하셔서 감사에 넘치는 오늘이 있게 하신 주님께 저희들은 성심으로 감사하나이다. 오랜 시일동안 이 민족의 고통과 호소를 들으시사 정의의 칼을 빼서 일제의 폭력을 굽히신 하나님은 이제 세계만방의 양심을 움직이시고 또한 우리 민족의 염원을 들으심으로 이 기쁜 역사적 환희의 날을 이 시간에 우리에게 오게 하심은 하나님의 섭리가 세계만방에 현시하신 것으로 믿나이다. 하나님이시여, 이로부터 남북이 둘로 갈리어진 이 민족의 어려운 고통과 수치를 신원하여 주시고 우리 민족, 우리 동포가 손을 같이 잡고 웃으며 노래 부르는 날이 우리 앞에 속히 오기를 기도하나이다. 하나님이시여, 원치 아니한 민생의 도탄은 길면 길수록 이 땅에 악마의 권세가 확대되나 하나님의 거룩하신 영광은 이 땅에 오지 않을 수 없을 줄 저희들은 생각하나이다. 원컨대, 우리 조선의 독립과 함께 남북통일을 주시옵고, 또한 민생의 복락과 아울러 세계평화를 허락하여 주시옵소서. 거룩하신 하나님의 뜻에 의지하여 저희들은 성스럽게 택함을 입어 글자 그대로 민족의 대표가 되었습니다. 그러하오나 우리들의 책임이 중차대한 것을 느끼고 우리 자신이 진실로 무력한 것을 생각할 때, 지와 인과 용과 모든 덕의 근원이 되시는 하나님께 이러한 요소를 저희들이 간구하나이다.

이제 이로부터 국회가 성립되어서 우리 민족의 염원이 되고 모든 세계만방이 주시하고 기다리는 모든 문제가 원만히 해결되며, 또한 이로부터 우리의 완전 자주독립이 이 땅에 오며 자손만대에 빛나고 푸르른 역사를 정하는 이 사업을 완수하게 하여 주시옵소서. 하나님께서 이 회의를 사회하시는 의장으로부터 우리 의원 일동에게 건강을 주시옵고, 또한 여기서 양심의 정의와 위신을 가지고 이 업무를 완수하게 도와주시옵기를 기도하나이다. 역사의 첫걸음을 걷는 오늘 우리의 환희와 우리의 감격이 넘치는 이 민족적 기쁨을 다 하나님께 영광과 감사로 올리나이다.

이승만은 대한민국 대통령으로서 국가를 통치함에 있어 이론과 실재를 만들어 내야 했다. 실재를 만들기까지는 극복해야 할 일들이 한두 가지가 아니다. 때문이기도 하지만, 이승만 대통령은 미국의 도움 없이 국정 운영은 어렵겠다는 생각에 우선 미국 친구들에게 도와달라는 의미의 편지를 쓴다.

제임스 카터 친구. 나 대한민국 대통령이 된 거 친구들은 알고 있을까요? 그런 말을 미리 안 해서 말이요. 아무튼 알면, 알고만 있지 말고 한 번 와서 응원도 해주면 좋겠소. 다른 친구들에게는 제임스 카터 친구가 대신 연락해 주고 말이요. 그래서 올 거면 혼자만 말고 여러 친구들이랑 같이 와서 응원해 주면 힘이 날 것 같아요. 아내 프란체스카는 누구도 없어 너무도 외로워해요. 그래서 친구들을 통해 외로움을 달래주고도 싶으니 어렵겠지만 부탁해요.

편지는 틀림없이 전달되었고, 오래지 않아 답이 온다.

이 박사, 이 박사가 대한민국 초대 대통령이 되었다는 얘기는 이미 들었소, 한 나라를 이끌고 나가기는 생각보다 많이 힘들겠지요. 그래요, 대한민국은 그동안 외세에 짓눌렸다가 해방이라는 이름으로 풀려난 국가라는 것을 알고는 있습니다. 생각을 해보면 그동안은 왕조 국가였는데 그런 왕조 국가를 전혀 새로운 민주주의 국가로 만들고자 이 박사는 자신을 던진 거요. 그것을 우리가 어찌 모르겠소. 알고도 남지요. 우리는 이 박사의 친구들로서 당장 달려가 응원만이라도 해야 맞을 건데, 이 박사의 편지를 먼저 받고 보니 미안해요. 이 박사의 답장을 받고 친구들에게 연락을 해봤는데, 시간이 된다는 친구들 중 틸러슨 하니 친구, 존퀴시 애덤스 친구, 제임스 뷰캐넌 친구, 존 타일러 친구, 밀러드 필모어 친구 그렇고, 폴 라이언 친구는 몸이 불편해서 대신 아들을 보내겠다고 하네요. 우리가 나이를 따지자는 것은 아니나 맥아더는 연락을 미루었소. 일단 그렇게만 아시오, 아무튼 이렇게 '나'까지 7명이네요. 그래서 시간이 되는 친구들만이라도 우선 가기로 했소. 그러면 가서 봅시다.

한편 프란체스카는 남편 이승만 박사에게 외롭다는 말을 늘어놓는다.

"이 박사님!"

"왜요?"

"어쩔 수 없는 일이기는 하나 우리끼리만 대한민국으로 훌쩍 오고 보니, 누구 한 사람 만나 얘기할 사람도 없어 많이도 외로워요."

"나는 거기까지 생각을 못 했는데, 미안해요."

"아니에요. 미안해하지는 마세요. 내가 좋아서 따라온 대한민국이니까요."

"위로는 내가 해야 할 건데, 프란체스카가 해주네요."

아내 프란체스카는 내 생각과 전적으로 같은 줄 알았는데 그렇지 않아 보여 미안하다는 눈빛이다. 지극히 상식적이지만 각오한 사람과 그렇지 않은 사람과의 생각 차이는 하늘과 땅 차이일 수 있다. 그것을 얼마나 빨리 좁히느냐에 따라 뜻한 바를 성공으로 이루느냐 그렇지 않느냐가 나뉜다.

"미안해하지 마세요."

"프란체스카가 외롭지 않을 방법을 한번 찾아볼게요."

"그럴 필요까지는 없어요."

"아니요. 생각해 볼게요."

전혀 새로운 국가를 세워 운영하겠다고 나서기는 했으나 곁에 있는 프란체스카의 협조 없이는 어려울 것이다. 어느 누구의 말도 무시해 버리는 독재자가 아니고는 말이다. 사실인지는 몰라도 군력에 반대한다고 목을 친 북한 지도자도 있지 않은가. 정치 권력이란 일반 상식이 아닐 수 있다.

"이 박사야 빼앗긴 조국을 되찾기 위해 독립을 했고, 대한민국 대통령의 역할까지 수행 중이지만 나는 이곳에서의 적응이 필요할 것 같네요."

"그래요? 힘들겠지만 부탁해요."

"그렇게 할게요. 다른 염려는 마세요."

"나는 대한민국 대통령으로서 국가만 생각했지 프란체스카의 외로움까지는 생각 못 했는데, 외롭다는 얘기를 들으니 미안하오."

"아니에요, 그런데 나 미국 한번 다녀오면 안 될까요?"

"안 될 거야 뭐 있겠소. 한번 다녀옵시다."

"이 박사, 고마워요."

프란체스카는 고향에 갈 수 있겠다는 생각에 눈가에 눈물이 고인다. 부모님은 세상을 떠나시고 안 계시지만 형제들은 있지 않은가. 물론 친구들도 있고 말이다. 이런 문제에 있어 '반드시'라고 해도 될 인간관계다. 부모든 살붙이 관계 말이다. 좋은 인간관계는 삶에서 얼마나 소중한가. 다른 얘기지만 친남매지만 재산 문제로 소식조차 끊어버리고 말았다는 말을 들을 땐 듣는 귀가 먹먹해진다.

"프란체스카, 우는 거요?"

"울기는요, 나 안 울어요."

"아니구먼. 우는구먼."

"아니라니까요."

프란체스카는 아닌 척한다.

"아니면 다행이고…."

"살기 좋은 나라를 세우겠다고 나선 대통령 앞에서 우는 아내여서야 되겠어요. 그건 아니에요. 걱정 말아요."

"그래요, 살기 좋은 나라를 만들어야지요. 살기 좋은 나라를 만들기 위해 대통령이 된 건데요."

"알았어요."

"국정을 내 마음대로 하는 것 같아 미안하지만 우리가 각오한 일이요. 그래서 힘들겠지만 힘들더라도 참아냅시다."

"저도 각오한 일인데요."

"교과서에나 있는 말이나, '각오란 나를 던지는 것'을 말함 아니요."

"그래서 이 박사를 따라온 거예요."

"그런 각오가 아니었으면, 다른 생각도 했을 거라는 말로 들리네요."

이승만 박사의 말이다.

"머리 좋은 이 박사님은 달라도 한참 다르시네요."

"허허, 그런가요."

외롭다는 아내 프란체스카의 마음을 달래기가 이리도 어려운 건가. 아내 프란체스카가 외롭다고 눈물까지 보이면 안 되는데…. 대한민국 대통령으로서 국가 통치가 어려울 건데…. 이승만 대통령은 생각에 젖는다.

"이제부터는 안 울 거니 국정 운영이나 잘하세요."

얼굴 보기조차 쉽지 않을 것 같은 형제들과 친구들을 보게 되었다는 생각에 프란체스카는 약간의 미소를 짓는다.

"오랜만의 미소인 것 같네요."

"나 미소 짓는 거 이 박사님은 못 봤어요?"

"지금 보잖아요."

그래, 아내 프란체스카가 어찌 형제들이 보고 싶지 않겠는가. 아내 프란체스카는 오스트리아 출신이기는 하나 미국에서 성장했기에 미국 사람이나 다름 아니다. 그래서 미국에는 형제들도 있고 친구들도 있다. 그래서 그들이 많이 보고 싶을 것이다. 그것을 그동안 잊고 있었을 뿐이다.

"이 박사님 미안해요. 대통령의 아내로서 그러지 말아야 되는데요."

"아니요. 그동안 내 생각만 했는데 미안해요."

프란체스카 집안은 오스트리아에서 대대로 양조업을 했다. 그러나 대를 이을 아들이 없자 막내딸인 프란체스카에게 사업을 물려주기 위해 남자처럼 강인하게 훈련시키면서 상업전문학교에 보냈고, 언어 수업을 위해 스코틀랜드까지 유학을 시키기도 했다. 이런 프란체스카가 어머니와 함께 유럽을 여행하다 동양에서 온 노신사 이승만을 만나게 되는데, 당시 프란체스카는 33세 나이로 영어 통역관 국제자격증도 있었지만 속기와 타자에도 아주 능숙했다. 그녀는 마치 이승만이란 인물을 만나기 위해 살아온 여성 같았다. 그런 프란체스카가 어머니와 호텔의 4인용 식탁에 앉아 식사를 기다리고 있을 때, 호텔 지배인이 자리를 잡지 못한 이승만 박사를 위해 "동양에서 오신 귀빈이 자리가 없으신데 함께 합석하셔도 되겠습니까?"라며 프란체스카 엄마에게 양해를 구하게 된다. 프란체스카 엄마는 이승만 박사를 한번 훑어본 뒤 안심을 하고 승낙했음은 물론, '내 사위는 저렇게 잘생긴 남자라야 하는데….'라는 마음을 품게 된다. 그런 마음으로 이승만 박사를 보면서 딸 프란체스카를 본다.

이렇게 이승만은 딸 같은 프란체스카를, 프란체스카는 아버지 같은 이승만을 만나 부부로서의 삶을 이어간다. 대한민국 대통령이라는 위치와 영부인이라는 입장이기는 해도 말이다.

어느 나라든 그렇겠지만 이승만 대통령 가정에는 가사를 돕는 사람이 여럿이었다. 그래서 프란체스카는 나이가 비슷한 신명순으로부터 한국의 풍습을 배우기도 했다. 얘기를 할 만한 사람이 없다 보니, 다과를 내오고 그냥 가려는 신명순을 프란체스카 여사가 불러세워 "아니, 그렇게 가지만 말고 이리로 좀 앉으세요."라고 하며, 이동식 의자까지 손수 가져와 경무대 직원들 식사까지 책임진 신명순을 의자에 앉힌다. 프란체스카 여사야 그럴지라도 신명순은 주방일을 하는, 이를테면 하인 신분이라는 생각에서인지 "제가 앉아야 될 자리가 아닌 것 같은데요." 한다.

신명순이 그렇게 말했지만, 프란체스카 여사는 대통령 부인이라기보다 개방된 사회 환경에서 살아온 입장으로 "그게 아니고요, 아시는 대로 저는 얘기할 사람이라고는 대통령밖에 없어요. 그래서 대통령과 얘기를 하자 해도 정치 얘기밖에 더는 없어요. 그러니 신명순 씨가 얘기 동무가 되어 주시면 해요."라고 하소연하듯 말한다. 프란체스카 여사가 그럴지라도 신명순은 "영부인과는 문화가 다르게 살기도 했지만 저는 아는 것이 없어서…"라며 머리까지 긁적이면서 말한다. 프란체스카 여사는 "아는 것이 없다니요? 그건 아니에요.", "그거야 형편에 따라 다를 뿐, 알고 모르고가 어디 있어요. 일상적인 얘기면 돼요. 그러니 싫지만 않으시면 제가 말씀드리지 않아도 가까이해주시면 해요."라고 한다. 프란체스카 여사는 그렇게 해서라도 외로움을 달래려 한다.

프란체스카는 이승만 대통령을 따라 대한민국에 오기는 했으나 아는 사람이라고는 이승만 대통령뿐이다. 그래서 외롭기도 하지만, 대한민국에 대해 아무것도 모른다. 대한민국 대통령 부인이기는 해도 한국말도 몰라 배우는 중이고, 전혀 생소한 생활 풍습도 배우는 중이다. 이럴 때 여자 직원 중 미국인 몇 명만 있어도 될 건데, 그럴 만한 누구도 없다. 세상을 살아가는 데 있어 대화상대가 없어서는 안 된다. 그래서 프란체스카 여사는 다툴 상대라도 있었으면 한다.

외로움은 옆에 누구도 없다는 의미인데 대화 상대는 그냥 있게 되는 게 아니다. 그것을 누가 모르겠는가마는 성격이 맞지 않는다는 이유로 소홀히 하지는 않는지 생각해 볼 일이다. 무리를 지어 살아가는 모든 생물체들도 그러리라 싶지만 인간은 정으로 산다고 보면 될 것이다. 이것을 기독교에서는 사랑이라고 표현하기도 하지만 아름다운 인간관계는 그 어느 것보다 귀하고 값지다. 그렇지만 여기에는 돈이라는 문제가 놓여 있기도 해서 안타까울 때가 있다. 이것을 극복하는 길은 찾자면 상대의 형편을 인정하고 다가가는 것이다. 누구는 그런다. 어느 날 돈 많은 사람이 다가와 당신은 아들과 딸이 몇이며, 직장은 어디며 등 자존심이 상할 말을 꺼내더라는 것이다. 그래서 "어렵다고 말하면 당신이 도와줄 거요!"라고 쏘아붙이고 싶더라는 것이다. 그런가 하면, 교회에서 각 가정을 심방 중일 때, 목사님을 따라간 돈 걱정 없는 장로가 "돈이 전부가 아니에요." 라고 해서 목사님은 "뭐요?"라는 말이 튀어나올 뻔했다고 한다. 그런 경우는 특별한 경우로 봐야겠지만, 돈 얘기는 친구를 버리는 결과를 낳을 수도 있다는 것을 알아야 할 것이다.

"형제들이 보고도 싶고, 정을 나누며 지내던 친구들도 여간 보고 싶지 않네요. 이 박사님이야 그동안 대한민국 독립에 몸 바쳐 왔고, 대통령도 되었지만 말이에요."

"아이고… 그렇구먼. 미안해요."

"이 박사님이 미안 하라고 한 말은 결코 아니에요."

"그래요. 외로운 프란체스카를 무슨 말로 위로하겠소."

말을 안 해도 프란체스카는 알겠지만, 왕을 모셔야만 하는 잘못된 제도를 없애고 새로운 국가를 만들어 보겠다는 것이 욕심이라면 욕심이요. 때문에 프란체스카에게 양해의 말도 안 했소. 국가 운영에 있어 아내 말을 듣는 통치자는 없을 것이지만 말이요. 조선이 일본에 빼앗기는 과정에는 허수아비 고종의 아내 명성황후가 있었소. 나는 그때를 살아봐서 알아요.

"과거 일이기는 해도, 새로운 제도를 가진 국가 건설을 생각한 것은 몇 살 때에요?"

"이십 대 초반이었나 그랬어요."

"그러면 저는 태어나기도 전이네요."

"그런가요?"

"그건 그렇고 여자 조카 '레이디 버드'가 결혼을 한다는데 말이에요."

이승만 대통령과 프란체스카 여사가 그런 얘기로 지내는 동안, 이승만 대통령이 미국 친구들에게 보낸 편지의 결과로 미국 친구들이 찾아온다. 그렇게 찾아온 미국 친구들과의 얘기다.

"아이고… 임자들이 내 친구들이 맞는 거지요?"

이승만 대통령은 너무도 반가워서 미국 친구들 한 명, 한 명의 손을 붙들고 흔든다.

"이 박사, 힘든가 보다. 얼굴이 전만 못하다."

"힘든 게 아니라 친구들이 너무도 보고 싶었는데, 보지 못하니 그렇지 않겠어."

이어서 얘기를 꺼내려는데 다과가 나온다. 경무대에 식당 일을 하는 사람이 있지만, 그래도 남편 친구들이 미국에서 한국까지 왔는데 일하는 사람을 시켜서는 인사가 아닐 것 같아 프란체스카 여사가 직접 다과를 내오는 것이다.

"일하시는 분들도 있을 건데, 손수네요."

폴 라이언 말이다.

"아니, 바쁘신 친구분들을 이렇게 오시라고 해서 죄송하기도 하지만 이렇게 뵈니 저는 고향에 가 있는 기분입니다. 반갑고 감사합니다."

프란체스카는 반가워서 어쩔 줄 몰라 한다.

“반갑고 고마운 거야, 저희들도 마찬가지이지요.”

연장자인 제임스 뷰캐넌이 말한다.

“어린아이가 아님에도 고향을 떠났다는 생각에 외로워지는 것은 어쩔 수 없습니다. 아무튼 이렇게 와주셨으니, 이승만 박사가 대통령직을 수행하는 데 도움이 될 만한 말씀들을 모두를 풀어 주십시오. 그런 문제는 이 대통령이 말씀해 주시겠지만 준비되지 않은 상태에서 대통령직을 맡다 보니 어리둥절해서 친구분들을 이렇게 부르신 것 같습니다. 그리고 저녁이 있기 전에 간단한 다과인데, 이것은 미국식이 아니라 순수 대한민국식임을 이해해 주시고 돌아가셔서 흉은 보지 마십시오.”

“흉이라니요. 아니에요.”

이번에는 앞장서기 좋아하는 존 타일러가 말한다.

“아시는 대로 출생지야 오스트리아이기는 하나 줄곧 미국에서만 살아온 생활방식을 바꿀 수밖에 없어 그러니 이해해 주십시오. 그리고 다과상도 그렇습니다. 그러니까 미국 생활 방식에 길들여진 습관을 대한민국 생활 방식으로 바꾸는 것인데 당분간은 힘들 것 같습니다. 그렇지만 지켜봐 주십시오. 저는 잘할 수 있습니다.”

“당연히 그렇게 하셔야 하겠지요. 응원해 드립니다.”

또 존 타일러 말이다.

“대한민국은 아직 질서유지 단계에 있습니다만, 이 대통령의 정치능력으로 국민들을 안정시켜 드리는 것이 목표입니다. 그렇게 하실 것으로 믿지만, 대통령 부인 자격을 가진 저도 그만한 보조 역할이 중요할 것 같아 대한민국 민족사에 관련한 책들도 보는 중입니다.

물론, 대통령 부인 역할을 하는데 그것만으로는 부족하겠지만, 그렇습니다. 아니, 제 얘기가 너무 길었나 싶은데 길었다면 죄송합니다."

"아니에요. 어디서 들을 수 없는 얘기를 프란체스카 여사, 아니, 이 대통령 부인으로부터 듣습니다."

이번에는 제임스 카터의 말이다.

"예. 영부인의 말씀을 들으니 대통령은 이 대통령이지만, 걱정은 영부인께서 하시는 게 아닌가 싶습니다."

이번에는 폴 라이언의 말이다.

"아이고, 그럴까요. 아무튼 고맙습니다."

프란체스카 여사의 말이다.

"영부인이 다과를 내오는 바람에 얘기가 멈출 뻔했지 않은가."

존 타일러는 이승만 대통령을 빤히 보면서,

"그래, 뚱딴지같은 말…?"

"우리들이 친구가 맞으면 맞다고만 말해요. 다른 말은 말고."

이승만 대통령의 말이다.

"친구가 맞다고 하면요…?"

폴 라이언의 말이다.

"친구 틀림없지요?"

또 이승만 대통령이 말한다.

"이 박사, 머리가 혹 어지러워진 게 아니지요?"

존 타일러의 말이다.

"아니, 내 머리가 그렇게 됐으면 좋겠어요? 이 친구들이!"

"그건 아니지만…."

미국에서까지 와 준 친구들에게 어려운 국정 얘기는 아무래도 아닌 것 같아 그만두고 같이 오지 못한 친구들 얘기로 돌아간다. 나이 때문이기는 하겠으나 세상을 떠난 친구, 거동이 불편하다는 친구, 나처럼 자식이 없어 외로워한다는 친구 얘기로 다과상은 물리고, 며칠간 경복궁 등을 구경하다가 되돌아가게 한다. 물론 미국으로 언제 가겠다는 말은 했지만. 그렇게 해서 이승만 대통령은 얼마 후에 미국으로 건너가 한국에 와 주었던 친구들과 재회를 하게 된다.

"한국에 왔을 때 얘기하려다 말았는데, 이제 말해도 되겠지요?"

이승만 대통령의 말이다.

"당연하지요. 그렇잖아도 무슨 말을 하려다가 마는구나. 그랬는데요."

"아무리 친구들이지만, 집에 찾아왔으면 손님으로 봐야지 않겠어요?"

"말해 봐요."

"그대들은 내 친구들임이 틀림없지요?"

이승만 대통령 말이다.

"틀리다고 말하면요?"

존 타일러 말이다.

"틀리지 않다면 됐고, 나 좀 도와 달라면 도와줄 거지요?"

"도와 달라는 게 무엇인 지나 말해 봐요."

또 존 타일러 말이다.

이승만 박사는 모두가 좋아하는 친구다. '그래, 뭔지는 몰라도 도와줄 일이면 힘이 닿는 데까지는 도와야겠지.'

"다른 말은 다음에 하고 도와주겠다고만 대답해요."

"도와달라는 게 대관절 뭔데 알아듣게 말하지 않고 빙빙 돌려 말하는 거요. 이 박사는."

이번에는 틸러슨 하니 말이다.

"말을 빙빙 돌린다고요?"

"그렇잖아요. 친구가 맞니… 등 말이요."

틸러슨 친구 말이다.

"그래, 솔직하게 말할게요."

"그러면 말해 봐요."

또 틸러슨 친구 말이다.

"내가 대한민국 대통령이 되기는 했으나, 대통령으로서 국민을 살리는 게 아니라 굶겨 죽일 판국이라 그래요."

"그러니까 원조 좀 해달라는 말 아니오?"

"내 말귀, 이제야 알아들으시네요. 멍청이 친구들은 허허…"

"진작 그렇게 말할 것이지, 이 박사 말 해석하느라 배가 다 꺼졌네요."

"정신은 멀쩡하고요?"

"여러 말 말고, 오늘 점심은 뭐로 먹을 지나 말해요."

"나 빈 지갑이요."

이승만 박사 말이다.

"점심 뭐로 먹을 거냐고 묻는데, 지갑 얘기가 왜 나와요."

"내가 대한민국 대통령이지만 갑자기 거지꼴이 된 것 같아 그래지네요."

진짜다. 개인 문제가 아니라고 말할 수 있지만, 쪽박을 든 신세다.

"다음 얘기는 점심 먹으면서 합시다. 이 박사 알았지요?"

"알았어요."

"알기는 뭘 알아요."

존 타일러 친구 말이다.

"친구들 앞에서 내가 왜 이렇게 당당하지 못한지, 나도 모르겠네요."

"부탁한다는 사람이 당당해서야 되겠소. 고분고분해야지, 안 그래요? 허허…."

틸러슨 하니 친구 말이다.

"그렇기는 해도요. 허허…."

"당연히 고분고분해야지요."

존 타일러 친구 말이다.

"친구들이 고분고분해야 한다는 말 듣기에도 고약하다."

"고약은 무슨… 그런 말도 못 해서야 어디 친구라고 하겠어요. 안 그렇소?"

틸러슨 하니 친구 말이다.

"그렇기는 해도요…."

"친구 두었다가 어디다 써먹을 거요. 이런 때 좀 써먹어야지요."

존 타일러 친구 말이다.

"고맙소."

친구란 그래서 필요하다. 부정할 수 없는 일로 위기에 내몰린 친구를 보고 외면하겠는가. 오늘을 위해 사귄 친구는 아니지만 말이다.

"고맙긴요. 이 박사도 보고 있지만, 친구가 아니라도 돕자는 것이 미국 사람들 인심 아니요."

"그렇지. 엠파이어스테이트 빌딩은 미국의 자랑거리이기도 하지만, 가난한 나라를 돕겠다는 상징적 의미로 세운 건물이기도 하다는 것을 이 박사도 알고 있겠지요?"

제임스 카터 친구 말이다.

"엠파이어스테이트 빌딩의 의미가 미국의 자랑거리? 난 거기까지는 모르고 있었는데, 그러면 프린스 대학에서 받은 박사 학위는 엉터리인 건가요?"

이승만 대통령 말이다.

"나도 최근에서야 안 거요."

틸러슨 하니 친구 말이다.

"그건 그렇고 원조 문제는 트루먼 대통령을 우선 만나야 하겠지요?"

제임스 카터 친구는 폴 라이언을 보면서 말한다.

"그렇겠지요. 원조 결제 문제는 국회의 뜻이 모여야 가능하겠지만 말이요."

고교 때부터 친구인 폴 라이언 친구도 이승만 박사를 돕고 싶은 마음이 간절한지 제임스 카터 친구의 말을 거든다.

말할 것도 없이 친구는 삶의 보배인 것이다. 다음에 만나 점심 한 번 먹자는 친구 말고는…. 그래, 친구는 삶의 보배라는 것을 모르는 사람은 없을 것이나 여기서 친구가 얼마나 중요한지를 말하고 싶다. 친구 사귀기를 힘쓰라. 그러되 말하는 친구가 아니라, 듣는 친구가 돼라. 그것도 진정성으로 말이다. 진정성으로 말을 듣는 것은 많은 시간이 필요 없다. 특히 조심해야 할 것은 상대에게 부담을 주지 않는 선에서 말이다.

"그래요, 잘 될지는 모르겠으나 백악관에서도 영향력 있는 밀러드 필모어 친구가 있잖아요. 그 친구를 만나 이 박사 사정 얘기를 좀 해봐요."

제임스 카터 친구가 폴 라이언 친구에게 말한다. 그렇게 해서 이승만 대통령은 미합중국 해리 트루먼 대통령을 만나게 된다.

"아이고… 어서 오십시오."

트루먼 대통령 말이다.

"예, 감사합니다."

"우선 커피가 나왔으니 식기 전에 마십시다. 마신 다음에 하고 싶은 얘기가 있으시면 하십시오."

"아, 예. 그런데 국가 통치는 건강이 절대적인데 건강 이상은 없으시지요?"

이승만 대통령은 목적한 원조 문제 얘기를 하려고 침을 삼킨다. 그리고 트루먼 대통령 기분을 살리려 우선 인사말부터 꺼낸다.

"아니, 내가 이 대통령보다 한참 아래 나이인데요."

"그렇기는 해도요."

"이 대통령께서 저를 만나자는 이유, 보좌관으로부터 조금은 듣기는 했습니다. 그렇지만 직접 말씀해 주셔야 될 것 같습니다."

"제가 트루먼 각하를 뵙고자 하는 이유를 미리 들으셨다니 그런 얘기는 빼고 본론부터 얘기해도 되겠습니까?"

"그러시지요."

"부탁드릴 문제의 얘기라 입이 쉽게 떨어지지 않네요."

"이 대통령 나이가 저보다 아홉 살이나 많은 데도 일하고자 하시는 열정은 어디서 나오는지 대단하십니다. 부럽습니다."

"트루먼 각하께서 그렇게 봐주시니 감사합니다."

"감사할 일이 아니에요. 사실입니다."

"대한민국 대통령이 되고 보니 전날에 가졌던 열정만으로 국가 통치는 어렸다는 것을 절실히 느끼게 됩니다."

"무슨 말씀인지 알겠습니다. 돈이 필요하다. 그런 말씀이지요?"

"사실입니다. 각하!"

"쉽게 구할 수 없는 것이 돈이라 저한테까지 찾아오신 이유가 이해는 되나 그런 문제는 이 대통령께서도 잘 아시겠지만 국회 비준이 떨어져야 하는데요."

트루먼 대통령은 돈 얘기가 반갑지 않다는 말투다.

"그렇기는 하겠지요. 지금 대한민국이라는 국가가 세워지기는 했으나 미국의 원조가 절대적으로 필요합니다."

"그렇겠지요. 조금 전에 얘기한 대로 돈이 없는 국가는 국가로서의 존재 이유가 흔들려 결국에는 몰락하기도 하겠지요."

"그래서 말씀인데, 저는 미국에서 세워 주시기도 한 대한민국 대통령입니다. 트루먼 각하!"[2]

"그렇다 해도 원조 문제는 미안합니다만 저로서 해결이 너무도 어려운 문제라 이 대통령의 말씀이 큰 부담으로 다가옵니다."

어찌 부담스런 말이 아니겠는가. 대통령이 말해서 잘 이루어진다면 괜찮겠으나, 미국이 가지고 있는 정치 형태는 국회에서 이루어지는 의회주의가 아닌가. 그러기에 대통령의 힘이 턱없이 부족하다. 때문에 이승만 박사의 부탁 말을 쉽게 받아드리기는 너무도 어려울 문제다.

"그렇게까지 트루먼 각하께 부담 드릴 마음은 추호도 없었는데 죄송합니다."

"죄송할 것까지야 뭐 있겠습니까. 그렇지만 부탁하시는 경제적 원조 문제는 제가 대통령이기는 해도 제 선에서 해결이 안 되는 문제라 그런 거지요."

"그런 사정을 저도 잘 압니다. 트루먼 각하가 해결할 문제가 아니

---

2) 미국이 이승만을 정치적 골칫거리 인물로 보고 대통령 자리에서 물러나게 작전도 세웠다는 말도 하는 것 같다. 그러나 사실이 아닐 가능성이 매우 높다. 그것은 공산주의 국가와 싸워야 되는 당시 미국 정치 정황상 지도자를 바꿔서는 안 되었기 때문이다. 그동안의 한국 정치를 보면, 남북이 갈라져서는 안 된다는 이유로 공산주의 세력에 동조하려 드는 김구 같은 인물이 등장할 수도 있었기 때문이다.

라는 것을요. 그러나 트루먼 각하의 의지면 가능할 것으로 저는 믿고 말씀을 드리는 것입니다."

"허, 참…."

트루먼 대통령은 동석한 보좌진들을 본다.

"다시 말씀드리지만, 저는 대한민국 대통령으로서 국민을 살리느냐, 그렇지 못하느냐 갈림길에 서 있습니다."

"지금 말씀하신 이 대통령의 말씀, 저도 공감은 합니다만 쉽지 않은 문젭니다."

"그래서 염치 불고하고 트루먼 대통령 각하를 이렇게 뵙는 것입니다."

"이 대통령 말씀은 저를 압박하는 말씀으로 들립니다."

"제 말을 그렇게 들으셨다면 죄송합니다."

"죄송할 거야 없지만 그렇습니다."

그러면서 트루먼 대통령은 물을 마시고자 물컵을 든다.

"제가 드리는 말씀을 트루먼 각하께서는 아직도 잘 모르시겠지만, 대한민국의 지금 사정이 너무도 어렵다는 얘기입니다."

"국가 통치에서 무엇보다 우선인 것이 돈이기는 하지요."

경제 원조 문제이기는 하나 일국의 대통령으로서 자존심도 있지 않겠는가. 미국 대통령에게까지 돈 얘기를 해서는 안 된다는 것 말이다. 트루먼 대통령은 이승만 대통령의 표정을 잠깐 보고 눈을 지그시 감는다.

"대한민국이 일본으로부터 해방은 되었으나, 이는 자유를 얻은 것이고 경제 문제는 다른 문제라는 것을 처음부터 알고 나서기는 했으나 막상 현실을 보니 말이 아닙니다. 트루먼 각하."

"이 박사께서 하시는 말씀 이해가 됩니다. 국민들이 식량이 없어 아사 직전에 있다면 걱정이겠지요."

"미국에 있을 때는 몰랐고 대통령이 되고서야 들었지만, 일제강점기 때도 아사자가 많았다고 합니다."

"그래요?"

"그것은 일본의 군량미를 채우기 위해 집에 감추어 둔 식량까지도 빼앗겼기 때문이랍니다."

"그러면 이제는 그럴 이유 없으니 당장은 어려울지 몰라도 다음 해부터는 식량 걱정은 안 해도 될 게 아니요."

"그것도 아닙니다. 농사를 지으려면 비료도 있어야 할 건데, 비료도 없어 농사 소출을 기대하기는 어림도 없습니다."

"식량을 일본에 빼앗기기는 했지만, 일본은 어떻게 해서 농사 소출을 냈을까요?"

"그거야 농사를 비료로 지었기 때문일 겁니다."

"그러니까 이제는 그마저도 끊긴 상태라는 거요?"

"그렇습니다. 각하."

"그래요?"

'이 박사 말씀이 이해는 되나 원조 문제는 정말 어려운 문제이다. 그래. 이 대통령이 부탁한 원조 문제를 대통령인 내 선에서 해결해 주면 얼마나 좋겠는가.'

위의 얘기 등을 살피면 이승만 대통령은 희대의 국제 전략가이자 혁명가였다. 이는 대한제국의 무기력함에 20대에 혁명에 가담했지만, 당장 조급하게 나서는 무장 독립투쟁 노선이 아닌 몇십 년간 공을 들인 국제 정세를 통해 대한민국을 건국했기 때문이기도 하다. 이승만 대통령은 몰락한 왕가의 자손으로 가빈이 고독했다. 부모님의 교육열로 서당을 다니기는 했으나 벼슬할 기회가 없어져 아무것도 아니게 되었고, 청일전쟁을 계기로 서양에 눈을 떠 배재학당에 입학한다. 배재학당에서 갑신정변의 주역인 서재필 선생과 많은 선교사들을 만나 자유 민주주의에 대해 공부를 하게 된다. 여기서 만난 서재필과 선교사들은 이승만 대통령의 든든한 지원자가 된다. 영어로 '조선의 독립'이라는 졸업 논문을 발표하고 대한제국을 개혁하기 위해 고군분투하며 고종을 폐위하는 혁명에 가담하게 된다. 그렇지만 사실이 발각되어 5년 7개월을 한성감옥에서 지내게 된다. 그런데 이승만은 감방에서 기독교 성경반을 가르치며 자신의 사상과 지지기반을 확고히 한다. 그 후 고종의 밀명으로 조미방어 조약에 따라 미국에 도움을 요청하지만 가쓰라 태프트 밀약을 맺은 미국의 루스벨트는 그를 기만한다. 이승만 대통령은 돌아가지 않고 미국 유수의 대학인 조지워싱턴대학, 하버드대학, 프린스턴대학에서 박사 학위까지 취득하며, 세계사(미국사), 국제법, 정치학 공부를 하며 국제 감각을 키운다.

이승만 대통령은 코리아 하고도 황해도에서 태어나, 서울에서 공부하다 선교사에 의해 미국으로 건너가 철학 박사 학위까지 받았다. 그랬으니 사실상 미국 사람이라고 해도 될 것이다. 그래서 이승만은 미국인들의 생각을 누구보다 잘 안다고 자부했다. 그러나 '코리아'가 어떤 나라인지도 모르는 트루먼 대통령에게 원조를 부탁하는 이유를 설명하기는 정말 어려웠다. 여기서 미국인들의 심리를 잘 아는 참모가 있으면 얼마나 좋으랴. 그렇지만 지금 도움을 받을 만한 인물은 누구도 없다. 그래서 너무도 힘들고 외롭다. 물론 미국 친구들이 여러 명 있어서 도움을 빌리면 좋겠지만 그들은 대한민국 사정을 전혀 알지 못하지 않은가.

"이 박사 말씀을 들으니, 어느 정도 이해는 됩니다."

"원조라는 것은 말처럼 결코 쉽지는 않겠지만, 트루먼 각하께서 저를 한번 도와주시면 합니다."

"그러시면 대한민국 인구는 얼마인가요?"

"예. 예고도 없던 해방이다 보니 흩어졌다가 고국으로 돌아오는 인구가 많아지고 있습니다. 그러니까 만주로 갔다가 돌아오는 사람들…, 사할린으로 갔다가 돌아오는 사람들…, 여기저기로 뿔뿔이 헤어졌던 사정들이 귀국하다 보니 인구 조사가 불가능할 정도입니다. 그러니까 중국에 170만여 명, 일본 210만여 명, 사할린 20만여 명, 미주 등에 3만 명으로 남한 인구가 약 1,600만여 명이나 됩니다."

"그러면 이스라엘처럼 디아스포라인 셈이네요?"

"그런 셈이네요."

"그건 그렇고 또 궁금한 것은, 일본인들은 패망했으니 고향으로 도망치듯 갔겠지요?"

"도망치듯 이라고는 말할 수는 없겠으나, 패망인데 대한민국에 그대로 머물러 있을 수가 있겠습니까."

"제가 이 대통령에게 묻고자 하는 것은 도망치듯이 아니라, 모든 것을 다 가지고 갈 수는 없었지 않았을까? 그런 말입니다."

"예, 트루먼 각하의 말씀이 무슨 말씀인지 알겠습니다. 그렇지만 현재로서는 가치 없는 것들만 두고 죄다 가져가 버렸지요."

"그으래요?"

"일본인들이 그동안 닦아놓은 것들이 있어 당장만 해결되면 농지개혁 정책을 써서든 살길을 열어 줄 생각입니다. 각하!"

"그러니까 당장은 우리 미국으로부터 경제 원조를 바라는 거네요?"

"그렇습니다. 각하!"

"죄송합니다만, 저는 '코리아'라는 나라가 어디에 있는지조차 그동안 몰랐습니다."

"그러셨겠지요. 미국 반대편이기도 하지만 아주 작은 나라라고 볼 수도 있어 그렇습니다."

"물론 행정이든… 질서가 잡힐 때까지이지만, 미 군정이라는 결정이 있고서야 비로소 '코리아'의 역사와 문화에 관한 책을 봤는데 동방예의지국으로 되어 있던데 맞나요?"

"예, 맞습니다. 그러나 예의지국이라는 점 말고는 아무것도 없어요."

"제가 굳이 말씀 안 드려도 이 박사께서는 잘 아시겠지만, 힘이 모자라면 힘센 것의 먹잇감이 되는 것이 생태계 질서잖아요."

"사실입니다."

'생태계 질서? 그렇다. 트루먼 대통령 말이 아니라도 모든 생명체가 힘의 논리에 의해 잡아먹고 잡아먹히듯 나라와 나라도 마찬가지다. 오늘날은 무역 전쟁이다. 자기 나라 잘살기만을 바란다. 나는 대한민국 초대 대통령으로 세움을 받았다. 물론 미국 정치의 셈법이고 내가 자원한 일이지만 말이다. 그렇지만 이 시점에서는 그동안 배운 지식만 가지고는 아무것도 할 수 없다. 그래서 우선은 국민을 굶어 죽지 않게 밥이라도 먹을 수 있게 해야 한다. 그것도 해결 못 해서는 국가를 통치할 자격이 없다. 나는 그걸 해결해야 할 대한민국 대통령이다. 그런 대통령이기에 비록 거대 미국이지만 트루먼 대통령에게 구걸을 하는 것 같아 마음이 편치 않다.'

'국가 지도자의 최대의 덕목이 무어냐고 묻는다면 당연히 국민들에게 밥을 먹이는 것이다. 국가의 질서유지는 다음 문제다. 앞으로 몇 년만 더 고생하면 우리도 잘살 수 있다는 희망도 솔직히 없다. 그렇지만 아사자가 나오지 않게는 해야 한다. 대한민국은 해방만 맞이했지. 현재로서는 일본으로부터 해방되기 전만도 못하지 않은가. 자존심은 항상 상대보다 약한 데서 나오는 현상이지만 그런 현상이 지금 트루먼 대통령 앞에서의 나 자신에서 보인다. 초라하기까지 하다.'

"그렇지만 아시는 대로 도울 수만 있다면 돕자는 것이 미국의 슬로건입니다."

미합중국 대통령이기는 해도 코리아에 대한 공부도 없었기에 모른다. 모르지만 대한민국이 준비되지 않은 상태에서 맞이한 해방이라 어쩔 줄 몰라 할 것은 당연하다. 우리 미국이 돕자는 차원은 아니나 이승만을 대통령으로 세웠다. 그렇게 세운 것은 동아시아의 패권 문제에 관계가 있기 때문이기도 하다.

그렇게 보면 일제강점기 동안 남의 나라인 중국 땅에서 상해 임시정부를 이끌던 민족 지도자 김구 선생은 순진하기가 도를 넘었을까. 나중에서야 알고서 '아~ 그랬구나.' 했겠지만, 미국이 이승만을 대통령으로 내세운 것으로 봐야겠다. 김구 선생을 지지하는 세력들은 그것도 몰랐나 보다. 아무튼 김구와 김규식은 한민족이 남북으로 갈라져서는 안 된다는 순진한 생각만으로 북한 김일성을 찾아간다.

만나야 할 대상은 나이를 따질 필요가 없다 해도 김일성은 아들 같은 젊은이다. 젊은 김일성이지만 해방을 맞이한 같은 한민족이라는 생각은 김일성도 가지고 있을 것이 아닌가. 얘기가 통할 것이라는 일말의 믿음. 그렇지만 북한 사정도 남한과 마찬가지로 소련 정권이 장악한 상황이었다. 이런 문제에 있어 나중에 말할 기회가 있을지 모르겠지만, 남한은 미 군정을 세우면서 미국의 군사적 요충지가 되어 버렸다. 중국으로서는 한반도를 자기 나라 영토로 생각하고 6·25 전쟁을 일으켰으리라는 생각을 지울 수가 없는데 말이다. 더 말하면 소련의 무기를 빌려 1백만 명이라는 팔로군 지원으로 남한을 밀어붙이려 했으니 말이다.

"예, 저도 알고 있습니다."

"이 박사 말씀을 들으니, 침략이기는 하나 삶의 토대는 일본이 마련해준 거나 다름 아닌가요?"

"논리적으로야 그렇게 볼 수도 있겠으나, 빼앗긴 조국을 되찾고자 흘린 피는 이루 다 말할 수 없습니다."

"그래요?"

"그렇습니다."

"그렇지만 이젠 되돌릴 수 없는 과거사가 되었으니 새로운 대한민국을 세우는데 이 대통령께서는 몸을 바치다시피 하셔야겠습니다."

"물론입니다. 각하."

"연세가 저보다 높으심에도 나라를 위해 애쓰시는 이 박사를 보니 존경스럽습니다."

"그렇게까지는 외람된 말씀이고, 원조를 부탁드리려 이렇게 트루먼 각하를 찾아뵙는 것이니 부탁드립니다."

"부탁은요, 제힘으로 도와 드릴 수만 있다면 얼마나 좋겠습니까. 아무튼, 얘기 잘 들었으니 생각해 보겠습니다."

"트루먼 각하, 좋은 것을 말함이 아닙니다. 쇠고기로 치면 맛있는 스페셜 부위가 아니라, 맛이 별로인 국거리라도 많이만 주시면 좋겠습니다."

"예, 말씀을 들었으니 잘 될지는 모르겠으나 기다려 보십시오."

"감사합니다."

"그렇지만 딱 믿지는 마십시오. 이 대통령께서도 아시겠지만, 우리 미합중국은 모든 것을 의회에서 결정하기 때문입니다. 대통령 결정권은 미미한 수준이고요."

"그렇기는 하지만, 트루먼 각하께서 힘을 쓰시면 가능하다고 저는 믿고 싶습니다."

"아무튼 원조는 돈 문제라 국회의 승인 없이는 불가능해서… 애는 써 보겠습니다."

"믿겠습니다."

원조 문제에 있어 사정할 사람이라고는 미국 트루먼 대통령뿐이다. 작은 나라 대통령이지만, 쪽박 들고 '한 푼 줍쇼.' 하는 거지꼴이라 창피도 하다. 그렇기는 해도 지금으로서는 어쩌겠는가. 트루먼 대통령이 무릎을 꿇으라면 꿇을 수밖에 더 있겠는가. 미국 원조가 절박한 상황에서 말이다.

"이 대통령님께서 어려운 발걸음을 하셨는데, 희망의 말씀을 드려야 하는 건데 …그렇지 못할지도 몰라 걱정이 됩니다."

"저는 희망을 가지고 가겠습니다. 트루먼 각하, 감사합니다."

많은 정치적 지식을 가지고 있다고 해서 아무나 할 수 없는 것이 대통령일 것이다. 새로 세워지는 신생 국가의 대통령이라면 더욱 말이다. 이승만 대통령은 사실상 미국이 내세운 대통령이라고 해도 될 것이지만, 국민의 지식수준은 80%가 문맹자란다. 그런 국민들을 어떻게 통치할 것인지 이승만 대통령의 머릿속은 복잡하기까지 했을 것이다. 물론 부통령을 세워 놨으니 부통령과 동반하는 통치이기는 해도 말이다.

그동안 염원했던 자유 민주주의 정부가 들어서기는 했으나, 우리 민족은 임금을 모셔야만 했던 왕조 시대를 살다가 일본으로 통치권이 이어졌고, 그 과정에서 목숨만 부지해도 다행인 것으로 살아온 민족이 아닌가. 그런 민족이기에 준비된 통치법령을 이용하기도 쉽지 않을 것이다. 이론만으로는 상해 임시정부 법령이 있기는 하나, 그런 법령을 새로 탄생한 정부에 적용하기는 맞지 않아 미국에서 시행되고 있는 자유 민주주의 법을 벤치마킹할 수밖에 없다. 그래서 하는 수 없이 미국 법률가들은 불러들여 대한민국 국민들에게 적합한 법령을 만들고, 고치고, 고치고 해서 법령을 만든다. 이것이 오늘의 대한민국 민주주의 법이다. 그러면 민주주의 법이란 무엇인가? 우리 민족이 단 한 차례도 경험해 보지 못한 자유를 말하는 법인 것이다.

이승만 대통령 연설문

존경하는 트루먼 대통령님과 상·하원 의장님과 의원님 여러분!

일본에 빼앗긴 우리 조국을 되찾게 해주신 미국 합중국에, 대한민국 대통령으로서 감사부터 드립니다. 그러나 조국을 되찾았다고 좋아할 일이 못 됩니다. 그것은 국민들이 아사 직전이라는 현실 때문입니다. 국회의 상·하원 의원 여러분, 우리 한민족이 일본으로부터 해방이 되었습니다. 그러나 노스 코리아, 사우스 코리아라는 이름으로 갈라지고 말았습니다. 어떤 이는 사우스 코리아 단독 정부는 안 된다고 노스 코리아 지도자와 협상하자는 측도 있습니다. 협상이 무엇

이겠습니까. 자유 민주주의 국가를 포기하자는 것 아니겠습니까. 이런 문제에 있어서는 어떤 대가를 치르더라도 자유 민주주의 국가를 포기해서는 안 된다는 것이 저의 생각입니다. 의원님들도 인정하시리라 싶지만 저는 자유 민주 국가여야 한다고 주장하다 사형 선고를 받기까지 하였습니다. 그래서 말이지만, 자유 국가인 오늘의 미국을 본뜨자는 것이 아닙니다. 인간이면 억압받지 않고 자기 생각을 마음껏 펼쳐 보겠다는 생각은 당연하지 않을까요. 곧 자유 말입니다. 그런데도 우리 한민족은 부끄럽게도 그렇지를 못하고 살아온 민족입니다. 그동안은 그런 국가였으나 이제부터는 자유가 보장된 국가여야 합니다. 이것은 오늘의 미국처럼 자유가 보장된 자유 민주주의 국가를 말함입니다. 그러나 안타깝게도 노스 코리아, 사우스 코리아로 이렇게 양분되고 말았습니다. 우리 대한민국으로서는 슬픈 일이 아닐 수 없습니다. 이런 말까지 해도 될지 몰라도 저는 선교사님들이 키워주셨습니다. 선교사님들로부터 신앙심을 배우게 되었고, 선교사님들 덕에 철학 박사 학위까지 받았습니다. 그래요. 철학 박사 학위와 국가 지도자가 무슨 상관이 있겠습니까. 그렇지만 대한민국 대통령이 되고 보니 인간 본연의 자유가 얼마나 중요한지를 알게 되었고, 그런 국가를 만들 각오입니다. 미국에서 오신 선교사님들은 지금도 애써 선교하고 계십니다. 때문에 대한민국은 기독교인 수가 날로 늘고 있는 상태입니다. 기독교 신앙인으로 고무적인 일이 아닐 수 없습니다. 그렇지만 배고픔 앞에서는 아무것도 아닐 수 있습니다. 대통령으로서 두려움을 느끼기도 합니다. 그래서 우리 대한민국의 어려운 사정을 트루먼 대통령님께 말씀드렸습니다. 여기까지만 말씀드리겠습니다. 감사합니다.

트루먼 대통령 국회 연설문

존경하는 국회 상하 의장 그리고 상하 의원 여러분!

저는 미합중국 대통령으로서 해야 할 일이 너무도 많습니다. 이렇게 많은 일들 중에, 사우스 코리아 이승만 대통령은 저를 찾아와 말씀하십니다. 설명을 하자면 사우스 코리아가 해방은 됐으나 경제적 사정이 매우 어려워 사우스 코리아 국민들이 아사 직전에 처해 있다는 것입니다. 아사 직전에 있다는 사우스 코리아 이승만 대통령 말씀을 듣고 밤잠을 설치기까지 했습니다. 그것은 우리 미합중국이 사우스 코리아를 해방시켜 주었고, 단독 정부를 세우도록 도와주었고, 국가를 통치할 대통령까지 세워주기는 했어도 그것으로 그만일 수는 없는 일이기 때문입니다. 말씀드리지만 우리 미합중국이 사우스 코리아 정부를 세우도록 도와준 이유가 어디에 있습니까. 설명까지 필요 없이 자유 민주주의를 무너뜨리려는 공산주의 세력을 막자는 것 아닙니까. 그래서 우리 미합중국으로서는 사우스 코리아를 지키는 것은 매우 중요한 일입니다. 때문에 사우스 코리아에 경제 원조를 해 주자는 것입니다. 사우스 코리아 국민들은 자유 민주주의가 좋고, 공산주의는 나쁘고를 잘 모를 겁니다. 그동안 왕조 시대에서만 살아왔고, 침략국인 일본으로부터 핍박만 받아왔기 때문입니다. 사우스 코리아 국민들이 공산주의보다는 자유 민주주의가 좋다는 것을 안다 해도 배고픔 앞에는 아무것도 아닐 것입니다. 그래서 사우스 코리아의 경제 원조 말씀을 드리는 것입니다. 그래요. 사우스 코리아에 경제 원조가 생각처럼 간단한 일이 아니기는 합니다. 국가 재정이기는 해도 결과적으로는 개개인의 지갑을 열어야 하는 그런 문제이기 때문입니다.

말씀드리지만, 우리 미합중국은 말할 것도 없이 세계 질서를 바로 세우는 데에 그 목적이 있습니다. 겉으로는 다른 나라를 돕자는 것 같지만 실상은 우리 미합중국을 위하는 길입니다. 우리 미합중국은 일본군을 물리치기 위해 공산주의 국가 소련과 함께 했다고 말할 수 있습니다. 그러나 소련은 공산주의 국가이기에 우리 자유 민주주의를 무너뜨릴 생각으로 무장되어 있을 것입니다. 지도를 보면 한반도는 지정학적으로 공산주의 국가가 되어야 합니다. 소련과 한반도는 국경만 다를 뿐 한 덩어리로 되어 있습니다. 그렇다면 공산주의 국가 소련의 통치자 스탈린은 무슨 생각을 하고 있겠습니까. 소련 통치자 스탈린의 속마음을 들여다볼 것도 없이 남침의 야욕일 것입니다. 그래서 말씀드리지만 우리 미합중국으로서는 사우스 코리아를 보호해 주지 않으면 안 되는 상황입니다. 우리 미합중국 대명제는 말할 것도 없이 세계 평화입니다. 그런 평화이지만 평화는 그냥 있을 수가 없음을 어느 누구도 부인 못 할 것입니다. 때문에 자유 민주주의 국가를 보호해야 할 것이고, 이를 위해 사우스 코리아에 경제 원조가 필요하다는 것입니다. 끝까지 경청해주셔서 감사합니다.

"우리 국민은 이 박사님을 안 좋아할까요?"

"찾아오는 사람이 없어서요."

"그렇지요. 누구도 안 와서요."

고향 같은 하와이기는 해도 망명자가 되어버린 상황에서의 프란체스카 말이다.

"프란체스카는 그래서 서운해요?"

"그러면 안 서운해요. 많이 서운하지요."

"그렇구먼."

"이 박사님 덕에 가문의 영광인 벼슬도 했지만 말이에요."

"벼슬이 가문의 영광이요?"

"한국에서는 그렇잖아요."

"프란체스카 말대로 내가 그랬을까요?"

"아닐 수가 있겠어요."

"그렇기도 하겠네요. 그러나 장관들이고 비서관들이고, 세우기는 국가를 위하라고 선서까지 하게 했는데 말이요."

"국가를 위하라고요?"

"여러분은 벼슬로 생각하지 말고, 국가를 위해 내 한 몸 바치겠다는 각오면 좋겠습니다. 그런 말까지 했소."

"이 박사님이 사람을 너무 믿으신 것이 오늘을 있게 한 거예요."

"나도 인정해요. 그런데 우리를 두고 언론들은 망명이라고 한다지요?"

"정말 밉네요."

프란체스카 말이다.

"박정희는 그럴 줄 몰랐는데, 섭섭하네요."
"그동안 함께했던 인사들조차도 나 몰라라 하네요. 서운하네요."
"그래요, 서운은 하지요. 그러나 좋은 뜻으로 해석합시다."
이승만 박사 말이다.
"그래야지 어떻게 하겠어요."
"박정희는 군인이라 정치를 모를 건데 걱정도 되네요. 전직 대통령으로서 말이요."
국가 통치자는 지식인이 아니라고 보면 될 것이다. 물론 국가 질서가 잘 잡힌 국가는 아니겠지만 말이다. 그래서 통치자는 나중 일을 생각하는 게 아니라 현 정치 상황을 잘 극복하자는 데 그 존재 의미가 있을 것이다. 그렇지만 이승만 박사는 달랐다. 이승만 박사는 청년 시절부터 자유 민주주의 국가를 세우는데 생명을 건 것이다. 이승만 박사가 없었다면 오늘의 대한민국은 없다. 우리 민족이 생각지도 못하게 해방은 되었으나, 제주 4·3사건에서 볼 수 있듯이 공산주의 국가화가 진행되고 있었기 때문이다. 민족 지도자 백범 김구도 모르는 바가 아니기 때문이다. 백범의 아들 김신 장군은 회고록에서도 말했다. 이승만 박사의 생각이 옳았다고 말이다. 태극기를 인공기로 바꿀 생각이면 또 모를까. 아닌 것은 아닌 것이다.

"이 박사님은 박정희를 보기는 하셨어요?"
"안 봤어요."
"그래요?"
프란체스카는 이승만 박사를 빤히 보면서 말한다.

"한참 후에 누가 말해주어 알게 된 일이지만, 박정희가 있다는 부대를 가보기는 했어요."

"그런데 박정희는 남로당에 앞장선 자라는 이유로 사형 집행에까지 처했다는 말도 들은 것 같은데, 그랬나요?"

"받은 보고로는 그래요."

"그런 박정희를 이 박사께서 구해주셨다면서 몰라요?"

"그거야, 정치적으로 사면인 거지요."

박정희는 여순반란사건 때 공산주의자 간첩단에 중간 수준 가담 사실이 밝혀졌다. 박정희가 어떻게 육군에 복직했는지는 자세히 모른다. 박정희는 좌익과 공산주의자들의 온상인 대구 출신이며, 강직하고 청렴하다는 평판을 얻고 있었다. 박정희가 비밀리에 공산주의자들과 커넥션을 유지하고 있는지 판단할 수 없으나 가능성을 배제할 수 없으며 미국은 이를 염두에 둬야 했다. 또 쿠데타에 가담한 젊은 장교들 중 일부는 공산주의자들과 연관됐을 수 있으니 조심스럽게 조사해야 했다.

"그렇군요."

"그런 얘기 그만둡시다."

"그러면 김일성 집권 얘기 한번 해주세요."

"아이고, 프란체스카는 궁금한 것도 많네요."

"궁금한 게 많지요."

"그러면 김일성 집권 얘기까지를 말해 볼까요?"

"물 좀 드릴까요?"

프란체스카는 보리차를 가져와 이승만에게 마시게 한다.
"우선 짐작뿐이라는 것을 프란체스카는 이해해야 되요."

"스탈린 각하 만수무강하소서."
"내가 만수무강해도 될까?"
스탈린이 보기에 김일성은 막내아들보다 적은 나이이다.
"지당한 말씀입니다."
"고맙구먼. 그런데 김일성 동지가 이렇게 찾아온 이유는 뭘까?"
"예, 해방은 됐으나 하나의 조선이 못 돼서입니다."
"그래…?"
"그러니까 남조선을 그냥 두어서는 우리 공산주의 국가에 나쁜 결과가 될 것 같다는 생각이 들어서입니다."
"이유는…?"
"이유를 말씀드리자면 남쪽은 자본주의 국가가 될 게 아닙니까. 그래서입니다."
"으음…."
"생각을 해보면 남조선을 그냥 두어서는 화근이 되지 않을까 해서입니다. 스탈린 각하."
"그냥 두어서는 공산주의에 화근…?"
"예. 스탈린 각하!"
"그건 말이 되네."
"그래서 말씀드리는데 남조선을 해방시켜야 될 것 같습니다."
"남조선 해방…?"

세계 전쟁을 일으키자는 목적은 아니었을지 몰라도, 스탈린 군대는 일본이 태평양 전쟁에서 패망하자마자 북한에다 진지를 구축한 상태였다.

"예. 스탈린 각하."

"남조선 해방은 전쟁을 의미하는 건데…."

"그래도 어쩔 수 없습니다. 스탈린 각하."

"그러면 당장?"

"당장이야 준비가 필요해 연구를 더 해야겠지만, 남조선 해방은 '반드시'라고 저는 생각합니다. 스탈린 각하."

"김일성 자네 올해로 몇 살이지?"

"예, 서른여섯 살입니다."

"그러면… 학교는?"

"학교요? 학교까지 말씀드리기는 좀 그렇고, 소비에트연방 군대, 인민군 최종 계급 활동까지 했습니다."

"소비에트연방 군대, 인민군 최종 계급 활동?"

"그렇습니다. 스탈린 각하."

"그렇구먼. 김일성 동지 학벌을 묻자는 게 아니야."

"아, 예."

"그러니까 김일성 동지 생각에 동의한다는 거야. 그런데 중국 모택동에게 말은 했어?"

"아직입니다. 스탈린 각하 결재가 먼저라서요."

"그러면 결재해 주겠는데, 모택동한테 가서 잘 말해."

"뭐라고요?"

"그거야, 김일성 자네가 한 말 그대로 하라는 거지."
"여부가 있겠습니까. 스탈린 각하."
"그러면 됐고, 그런 문제 땜에 고생이 많을 텐데 나가 봐."
스탈린은 소비에트연방 통치자라는 위상을 과시하기 위함이겠지만 길지도 않은 수염을 만진다.

김일성은 스탈린을 만나고 곧바로 중국 모택동을 찾아간다.
"모택동 주석님 각하, 만수무강하소서."
"아이고… 그런 말 내게는 안 어울리네요. 환갑도 아직인데…."
"그렇기는 해도 주석님은 위대한 중화민국을 세우셨습니다."
"김 동지가 말해서 난 생각이지만 하나의 중화민국을 만들기가 참 힘들었어요."
"누구도 해내지 못할 일을 주석님은 해내신 겁니다."
"그런데 김일성 동지는 스탈린을 만나고 오는 길이라고요?"
"그렇습니다. 스탈린 서기장님을 만나고 오는 길입니다."
남침의 야욕을 가진 김일성이 이번 일이 어떤 일이라고 한가하게 아침을 먹고, 점심을 먹고, 저녁을 먹고 했겠는가. 화장실 가기도 바빴을 텐데 말이다.
"그래요?"
"그러면 제가 생각하는 이유부터 말씀드려도 될까요?"
"그렇게 하지요."
"그러시면 스탈린 서기장님과 나눈 얘기 그대로 해도 될까요?"
"그렇게 해도 되지요. 해보세요."

"그러니까. 말씀드리자면 …, 이런 겁니다."

"김일성 동지 나도 같은 생각입니다. 그런데 스탈린 생각을 들을 필요도 있어요. 무슨 말인지 김일성 동지는 알겠지요."

전쟁 무기인 탱크 등을 제공 받으라는 것이다.

"알겠습니다. 그런데 주석님 동의서에다 도장까지 찍어주셔야 할 것 같습니다."

"그렇게 바쁘게요?"

"모택동 주석님 동의 도장이 있어야 인민들을 규합할 것 같아서 그럽니다. 주석님 각하!"

"김일성이 통치하기까지는 이랬을 것으로 봐요."

"그렇겠군요."

"프란체스카?"

"예…."

"대통령을 그만둔 지금에 와서 생각이지만, 나 대통령으로 있는 동안 프란체스카와 같이 나들이 한번 못 했소. 미안하오."

정말이다. 그동안 프란체스카 친정에 가보기도 했어야 할 건데 그렇지를 못했다. 경무대를 지켜야 할 대통령이라는 이유였지만 프란체스카를 가둬둔 꼴이었다는 것이 후회다. 인간사 가정이 있어야 하고, 가족이 있어야 한다면 나는 자식도 없이 프란체스카와 단 둘 뿐이다. 그것도 있지만, 고국이 아닌 호주라는 나라에 버려진 처지이지 않은가. 언제 죽을지 모르는 늙은이로서 말이다.

"이 박사님, 이제 그만 일어나세요."

"일어나야지요. 일어나고 싶네요."

"아니에요. 이 박사님이 힘드실 괜한 말을 했네요."

이젠 못 일어나실 것 같아서 프란체스카는 말한다.

"괜한 얘기라니요. 사실이에요."

'괜한 얘기라니요.'라는 말속에는 생이 얼마 남지 않은 것 같다는 이승만의 푸념이 섞여 있다. 과거야 나라를 통치하는 대통령으로서 당당했다 해도, 늙어 세상을 떠날 쯤에 기력이 소진된 것은 말할 필요도 없다. 그러나 이승만은 하와이가 아닌 고국에서 죽고 싶다는 생각이 간절할 것이다. 때문에 박정희 대통령에게 편지를 쓰고 싶은 마음이다.

"박정희 대통령님. 나는 전직 대통령이지만, 아흔을 바라보는 노인이라 고국에 가고 싶은 마음을 참느라 고통스럽습니다. 그래서 부탁인데 나를 고국에서 죽게라도 해주시면 합니다. 정말입니다."

박정희가 국민회의 최고위원 시절, 이승만을 뵙고 오라고 김종필을 하와이로 보냈다는 이야기의 일부 내용이다.

故 이승만 대통령 각하, 당신께서는 일흔 살이나 된 노구를 이끌고 광복된 조국 땅에 돌아오셔서, 좌우 이념 갈등과 미국, 소련 사이의 압력을 극복하고 새 나라를 세우셨습니다. 당신께서 이루신 무수한 업적 중에는, 대한민국의 주권과 국격을 전 세계에 알린 쾌거 중의 쾌거로서 독도를 포함한 평화선을 선포하고 반공 포로를 석방한

일도 포함되어 있습니다. 비록 정권 말기에 간신배 이기붕 일당을 잘못 기용하시어 실각하셨지만, 이는 당신께서 쌓으신 공적을 가릴 수 있는 일이 결코 아닙니다. 당신께서는 조국을 위한 어린양으로 희생되셨습니다.

대한민국 대통령직을 맡고 있는 제가 부족하여 당신으로 하여금 조국에서 임종토록 해드리지 못한 점, 용서해 주십시오. 당신께서 직접 만드신 군대의 젊은이들이 묻힌 곳, 그중에서도 가장 좋은 길지를 골라, 이제 당신을 땅에 묻습니다. 공산 침략을 무찌르다 숨진 국군 장병들의 혼령을 거느린 막강한 호국신이 되시어 이 땅을 지켜 주소서.

박정희 국민회의 의장

정치 정황상 믿기는 어렵지만 말이다.

"프란체스카?"

"예."

"박정희가 우리를 고국으로 부르지 않을까요?"

"그러게요."

"지금까지를 보면 아닐 겁니다."

"프란체스카 고향은 오스트리아이기도 하고, 미국이기도 하잖아요."

"그렇기는 해도 이 박사님 귀국과는 다른 문젠데요."

"그렇기는 하지요."

"오스트리아는 태어난 고향이고 성장한 곳은 미국이기는 해도 이 박사께서 세상을 떠날 때까지는 어디든지 함께할 거예요."

"고마워요. 그런데 살아서 고국으로 가게 될지가 믿음이 안 가는데 어쩌지요."

"살아서 고국으로 가게 될지 믿음이 안 가다니요. 믿어봅시다. 이 대통령은 박정희를 살려 주었잖아요. 그런 이유로 김종필을 보냈는지는 몰라도요."

"내가 박정희를 살렸다고요?"

이승만 대통령은 정치적으로 유배된 상태이기도 하지만, 침대에 누워 죽을 날만 기다려야 할 노령이다. 때문에 프란체스카는 이승만 대통령의 보호자로서 날마다 지키고 있는 중이다. 프란체스카는 이승만 대통령을 일부러 지키고 있는 것이 아니라, 하와이에서는 아는 사람이라고는 누구도 없어 오갈 데가 없기도 해서다. 프란체스카 여사와 이승만 대통령은 매일 같이 있다 보니 그동안 궁금했던 얘기를 자동으로 하는 것이다.

"박정희는 핵심 간부까지는 아니어도 김일성을 추종하는 남로당에 가담해 활동한 인물이라 사형 선고도 받았다고 하신 것 같은데요."

"내가 그런 말 했을까요?"

친일파니, 남로당 출신이니 따져 처형해 버린다면 남는 사람은 나

무꾼밖에 없다. 시대 상황이 친일파였고 친부파인 것으로 봄이 옳다 하겠다.

"이 박사님께서는 기억이 희미해질 것이지만 저는 기억해요."

"사실이라고 해도 프란체스카는 정치를 하는 사람이 아니라 민심을 잘 모를 거요."

"그렇기는 하지요."

"아닐 수 있지만, 당시 사정으로는 대한민국 국민들이 김일성을 이 이승만보다 더 좋게 봤을 거요."

"그건 왜요?"

"북한이 남한보다 더 잘사는 데다 공산주의가 무엇인지 잘 모르기 때문이지요."

이승만은 세계 질서가 어떻게 움직여질지에 대해 그만한 공부를 해서 안다. 그렇지만 김구는 그런 공부가 없기에 남북이 갈라지는 정부를 세워서는 안 된다고 고집을 그리도 피웠다.

"그래도 사회 질서를 위해서는 아닌 것은 아니라고 단호하게 해야 하는 게 맞지 않을까요?"

프란체스카 말이다.

"국가를 운영하는 대통령의 통치가 매우 중요한 거요. 그러니까 반대편을 제거가 아니라 설득해서든 내 편으로 만드는 능력 말이요. 그런데 내가 실수한 것은 측근을 잘 살피지 못한 것이지. 큰 손해를 본 거요."

"이기붕을 너무 믿은 것 말이에요?"

"그렇지요. 문제를 일으키는 사람은 멀리 있지 않아요."

"그런 말, 저도 알아요."

"후회하지만 그걸 알면서까지 놓친 거요."

"이기붕을 가까이하신 것은 이강석을 양자로 삼으신 이유에서지요?"

"그렇다고 볼 수도 있어요."

"그런데 제가 이 대통령의 아들을 낳았어야 했는데, 그렇지를 못해 미안해요."

"내 자식을 프란체스카가 낳지 못한 것이 건강상의 이유라면 미안해할 것 없어요. 자식을 일부러 안 둔 게 아닌데요."

"미안하지, 왜 미안 안 해요. 이 박사께서는 남의 자식을 양자로까지 삼으셨는데요."

자식이 없는 이승만 박사가 남의 자식을 양자로까지 삼는 일은 슬펐을 것이다. 그렇게 보면 아내는 어떤 존재인가. 퍼스트레이디 역할보다 더 중요한 것이 남편의 후손을 낳아주는 것인데 말이다.

"다시 국가적 얘기로 돌아가 내가 쫓겨난 대통령 꼴이 되고 말았지만, 미국식이기는 하나 대한민국을 자유 민주주의 체제 국가로 세운 것만은 자부해요."

"대한민국 국민들은 자유 민주주의란 말조차 생소했겠지요?"

"내가 이씨지만 '이씨 조선'이라는 말은 좀 창피도 해요."

"이씨 조선이요?"

"그래서 당시로 나는 좀 별난 생각을 가졌다고 할까. 왕을 섬기는 국가여서는 안 된다는 생각이 들더라고요. 그래서 새로운 국가를 만들어야겠다고 엉뚱한 생각을 하다 붙잡힌 거요."
"붙잡혔으면 고생도 했다는 거네요?"
"고생이 아니라 사형 언도까지였는데, 그런 말 내가 안 했던가요?.
"그런 말은 없으셨어요."
"그렇구먼, 자랑할 만한 얘기가 아니라서 말 안 했나 봐요."
"그런 얘기는 해도 될 괜찮은 얘긴데 자랑할 만한 얘기가 아니라니요."
"프란체스카가 괜찮다면 그런 얘기 더 해볼까요?"
"잠깐이요. 뭘 좀 사 올게요."
"먹을 거 사 올 돈은 있고요?"
"돈 있어요."
"돈이 있다고요?"
"있어요. 동포들이 준 돈이요."
"그랬구먼. 고맙네요."
프란체스카는 밖에 나가더니 이것저것 사 온다.
"사 오기는 했는데 이 박사가 드실만한 걸 사 왔는지 모르겠네요."
프란체스카는 그러면서 이승만 박사의 침대를 반쯤 세운다. 그리고 사 온 사과를 깎아 포크로 찍어 이승만 박사 손에 쥐여 준다.
"사과 잘 골랐네요. 맛있네요."
"다른 것은 몰라도 맛있는 사과인지는 배워서 알아요."
"맛있는 사과를 고르는 법을 부모님으로부터 배운 것은 아닐 테고…."

"경무대 식사 담당이 내오는 사과들마다 맛있었잖아요."

"그렇기는 했지요."

"그때 배운 거예요."

대통령이 먹을 것이라 그것이 무엇이든 영양가도 맛도 최고를 고른 것이다. 경무대 주방에는 최고 수준의 요리사를 세웠기 때문이다.

"그러니까 맛있는 사과를 고르는 법은 주방 일하는 분들로부터 배운 거네요?"

"그랬어요. 일단은 사과가 무겁게 느껴지면서 단단한지를 먼저 보고, 황토밭에서 수확한 사과인지를 봐야 한다네요."

"그래요? 맛있는 사과인지는 맛을 보면 알 수 있겠지만, 황토밭에서 수확한 사과인지까지는 모를 게 아니요."

"바로 그거에요."

"아니, 맛있는 사과 얘기하다 말고 바로 그거라니요?"

"이제 와서 후회한들 다 소용없게 되었지만, 괜찮은 사람인 줄로만 알고 세웠던 사람 때문에 이 박사가 대접을 못 받게 되어서 하는 말이에요."

"아니요. 이렇게 된 것은 다 내 탓이요."

일본에 빼앗긴 조국을 어부지리로든 되찾기는 했으나, 사실상 신생 국가라고 할 수도 있었다. 그런 대한민국을 누가 뭐래도 자유 민주주의, 자유 시장경제를 실천하고 있는 미국 정치를 그대로 본받아서 하겠다는 각오였다. 그런 각오였으나 대통령을 하겠다고 깜냥도 안 되는 작자들이 나서고 야단들이었다. 그것을 보고 후임 대통령이 아무나 되어서는 또 남침이 있겠다고 우려돼 정치적으로 믿고 싶은 사람들의 3선 개헌 주장을 받아들인 것이, 3선 개헌이 되었고 3선 대통령까지 하였다. 3선 대통령이 된 것을 두고 어떤 사람들은 종통이 되기 위함이라고 말할지 몰라도 내가 몇 살인데 종통까지 할 수가 있겠는가.

"3선 개헌은 저라도 말렸어야 했는데, 바보였어요.."

"허허, 프란체스카가 말렸으면 응했을까요?"

"내 말을 듣고 안 듣고는 이 박사가 알아서 하실 일이지만 말이에요."

"마누라 말 듣고 잘못될 일이 없다고는 하지요. 프란체스카의 친정인 오스트리아에도 그런 말이 있는지 몰라도요."

"그런 말 우리 오스트리아는 없는 것 같은데요."

"프란체스카는 유학 땜에 얼마 살지 않아 그렇지 그런 비슷한 말은 있을 거요."

"글쎄요."

"사실일 거요."

"어느 책에선가 본 기억이 있는데, 대통령 부인은 대통령의 책사 같은 역할도 해야 한다고 했더라고요."

"책사 같은 역할이요?"

"예."

"맞을 것 같기는 하네요."

"맞을 것 같은 게 아니라 맞을 거예요. 대통령은 통제받지 않는 권력자라 아랫사람들은 말을 못 할 게 아니에요?"

"인정합니다."

이승만 박사는 인정한다면서 눈을 지그시 감는다.

"인정하신다고요?"

"그런 문제에 있어 프란체스카가 보기에 경무대 직원들도 그렇던가요?"

"아니요. 그냥 그럴 거라는 제 생각뿐이에요."

"프란체스카 생각뿐이 아닐 거요, 대통령 앞에서는 누구도 말 못 하겠지요."

프란체스카가 말하고 있는 그게 대통령들 착각이지요. 생각을 해보면 대통령의 권력 때문에 아랫사람들은 알랑방귀들을 뀔 수밖에 더 있겠어요. 대통령 뜻에 반하는 말 한마디라도 꺼냈다가는 곧 파면 아니면 직위 해젠데요.

"이기붕 그분은 언제부터 만나신 거지요?"

"프란체스카는 그런 사실을 모를까요?"

"말씀을 안 하셨는데요."

"그렇기는 하겠네요. 내가 말 안 했으니까."

"물론 정치적으로는 어느 정도 알지만 말이에요."

"이기붕은 태종의 차남인 효령대군 18대손이요. 그런 점을 일차적으로 알았던 거요."

"일차적 알았다는 말씀은?"

"프란체스카도 인정하겠지만, 나는 한국에 아는 인물이 없었어요. 그래서 같은 종씨 이기붕이가 보인 거요."

"그렇군요. 그런데 이제는 아니게 되었지만, 이기붕은 순해 보였잖아요."

"이기붕이가 순해 보였다고요?"

"그러면 이 박사님은 그렇게 안 보셨어요?"

"이기붕을 순한 사람으로 보는 것은 프란체스카도 순한 사람이라 그렇게 보이는 거요."

"제가 순해요?"

"그러면 아닌가요?"

"저는 순하지 않은 것 같은데요."

"프란체스카가 순하니까 일하기는 편했다고 볼 수 있어요."

"아이고…."

이승만 박사 말이 맞을지 몰라도 대통령 부인은 엉뚱한 말을 꺼내서는 안 된다는 것이 불문율 아닌가.

"허허, 내가 다 지나간 얘기를 하고 있네요."

"이기붕 말을 하다 다른 말을 하고 말았지만, 저는 한국 사람들 성향을 아직도 모르기는 해요."

"아니에요."

"한국 사람들 성향을 모르는 것은 프란체스카만이 아니요, 나도 잘 모르겠네요."

정치적 실패를 두고 누구를 탓할 수 없게 되었지만, 이기붕을 너무 믿었던 것이 프란체스카까지 힘들게 한다. 고맙기는 요양원을 무료로 이용하도록 배려해 주고 프란체스카에게 간호 보조 자격까지

준 것이다.

"그렇군요. 이 박사는 강석이를 양자로까지 들이려 오래전부터 생각했나요?"

"강석이를 양자로 세운 것을 프란체스카는 이해하지요?"

"이해요? 이해하지요. 이해 못 할 이유가 있겠어요. 친정아버지도 딸들만 있고, 아들이 없어 아쉬워하셨는데요."

프란체스카는 아들이 없는 집 막내딸이다. 그래서 사업을 하고 계시는 아버지로서는 사업을 물려줄 아들이 없어 걱정이었다. 그렇다고 없는 아들을 무슨 물건처럼 만들어 낼 수도 없어 그러셨겠지만, "프란체스카 너는 유학을 마치게 되면 아버지를 도와야겠다. 무슨 말인지 알겠지?"라고 유학을 시작한 어느 날 불러 세우시더니 그렇게 말씀하셨다. "내가 아빠 사업을요?" 그렇게 말한 것은 생각지도 못한 사업 후계자를 하겠다는 생각이 들어서였다. 그렇지만 아버지는 "싫어?" 하셨다. 아버지야 그렇게 말씀하셨지만 "난 사업체질이 아닌데요." 했다. "사업체질인 사람이 세상에 어디 있어. 사업을 하면 사업가가 되는 거지." 아버지는 다시 그러셨다. "그러실 거였으면 언니들에게 물려주시지 그랬어요." 사업 후계자는 싫다는 생각에서였다. "프란체스카, 너는 말도 많다." 아버지는 설득해서라도 막내딸인 나를 사업 후계자로 하겠다는 굳은 생각이셨다. "말이 많은 게 아니라 사업은 물려 줄 아들을 낳으셨으면 내게 사정을 안 해도 될 건데 그랬어요." 그런 해서는 안 될 엉뚱한 말을 들으신 아버지는 실망이 얼마나 크셨을까. 아버지는 사업을 물려주기 위해 스코틀랜드 상업전문대학 보내주셨다. 그러신 아버지의 선한 뜻을 야멸차게 거절하고, 유학 기간 사귄 스포츠맨이며 개신교 신앙인인 자동차 경주 선수 헬무드 뵈링과 결혼을 했다. 결혼을 했으나 결혼 한 지 삼 년 만에 이혼을 하고, 친정어머니와 유럽 여행 중 스위스 제네바에 독립운동을 위해 방문한 이승만 박사와 운명적으로 만나게 되었다. 그리고 뉴욕 클레어몬트 호텔에서 이 박사와 결혼식을 올린 일, 이 박사와 결혼을 하고 곧 워싱턴으로 독립운동 근거지로 옮긴 일, 태평양 전쟁이 발발하자 이승만 박사의 독립운동을 적극적으로 돕던 일 등 희미한 기억이 떠올랐다.

"프란체스카에게 말했는지 몰라도 나도 아들이 둘이나 있었어요. 그랬지만 첫아들은 두 살이 채 되기도 전에 죽고 둘째 아들이 태어났어요."

"그래요?"

"둘째 아들은 프란체스카도 사진을 봤겠지만 괜찮은 녀석이었어요. 괜찮은 녀석이었는데, 안타깝게도 전염병에 그만 죽고 말았어요."

"아이고…."

"같이 할 누구도 없는 타국에서 의지가 되던 아들이 그렇게 되고 보니 '독립운동이 다 뭐야!' 해지기도 했어요."

이승만은 조선인들로서는 상상도 못할 미국의 현대 문명을 조국으로 가져와야만 했다. 때문에 이승만은 미국 국민들에게 알리는 신문도 만드는 등 가진 노력을 다했다. 이럴 때 힘이 빠지는 일이 발생한 것이다. 하나밖에 없는 사랑하는 아들의 죽음 말이다. 그것도 병치레를 하다 죽은 게 아니라 또래들과 신나게 놀기도 했던 건강한 아들이 갑작스럽게 죽었기 때문이다. 이승만은 무엇과도 바꿀 수 없는 아들을 잃고 나니 독립운동이고 뭐고 한동안은 공황 상태였을 것이다. 그것은 이승만이 상해임시정부 대통령직에서 탄핵을 당하기도 해서다. 대통령직에서 탄핵당한 것이 갑자기 잃게 된 아들 때문은 혹 아니었을까? 여러 명의 아들 중 한 명의 아들이 죽음을 맞아도 목구멍에 밥이 안 들어가는 부모인데, 이승만에게 있어 아들이란 어떤 존재가. 독립운동에 더할 수 없는 버팀목이지 않았던가. 말썽을 부렸던 아들일지라도 말이다.

"아들은 어머니보다 아버지에게 더 큰 존재일까요?"

"어머니보다 아버지에게 더 커요?"

"그런 것 같아서요."

"거기까지는 잘 모르겠고, 우리 민족 정서로는 아들이 없어서는 안 돼요."

"오스트리아도 같아요."

"그런데 프란체스카는 학교 공부도 아버지 사업을 이어받고자 하던 것이 아니었나요?"

"아니었어요."

"아니었다고요?"

"아버지의 일방적인 생각이었어요."

"프란체스카 아버지의 일방적인 생각이요?"

"예."

"그렇기는 했겠네요. 철모르는 딸일 테니 당시로써는 말이요."

"아버지가 철모르는 딸로 보셨을까요?"

"그러면 프란체스카는 아니었을 것 같아요? 성숙 단계인데요."

"대학 갈 나이인데요?"

"본인이야 성인이라고 하겠지만, 밖에다 내놓기는 아직 어린 거요. 부모님 판단으로는 말이요."

"이 박사님 말씀대로 그랬을까 모르겠는데, 친정아버지는 아들이 없으니 딸이라도 사업 후계자로 세워야만 하셨을 거예요."

"어떻든 아들이 중요한데 우리는 없네요."

이승만 박사 말이다.

"아이고… 오늘은 시간이 좀 늦었습니다. 그런데 주무시기는 어떠세요?"

출근 시간에 맞춰 하루에 한 번씩 내다보는 에렌탈 의사가 이승만 박사를 보면서 하는 말이다.

"주무시기는 잘 주무시는 편이에요."

프란체스카 말이다.

"드시는 것은요?"

"드시는 것도 많이는 못 드셔도 매끼는 드셔요."

"그러시군요."

담당 의사가 간호사를 보면서 하는 말이다.

"드시는 것도 주무시는 것도 괜찮으신 편이에요."

"영부인 혈압도 한번 볼게요."

이승만 박사의 혈압을 잰 후 간호사가 프란체스카에게 하는 말이다.

"불편하시거나 하실 말씀이 있으시면, 어느 때든 말씀해 주세요."

"고맙습니다."

프란체스카 말이다.

"그리고 하시던 말씀을 제가 본의 아니게 끊고 말았는데, 말씀을 많이 하세요. 말씀을 많이 하시는 것이 건강에 도움이 되니까요."

"아, 예."

프란체스카 말하고, 이승만 박사는 말 대신 약간의 미소를 짓는다. 의사와 간호사는 "평안 하십시오." 하고 나간다.

하와이 요양원 시설은 최고급 수준이라고 해도 될 것이다. 그래서 이승만 박사 거처하는 요양실은 특별하다고 말할 수는 없어도 음식을 만들어 먹을 수 있을 정도였다. 그렇기도 하고 하와이 교민들이 자주 찾아와 봉투도 주고 간다. 그래서 이승만 박사는 부족하다 말할 수 없다 하겠으나, 정치적으로 유배나 다름이 아니었기 때문에 이승만도 프란체스카도 마음고생이 너무도 컸다. 자유 민주주의 국가, 자유 시장 경제, 한미동맹, 토지개혁, 6·25 때 유엔군을 불러들여 국가를 지켜낸 일 등 수많은 공이 있지만, 그것을 인정해달라는 것은 아니다. 내 나라도 아닌 하와이에서 초라하게 죽어가게 방치한다는 것은 정치를 떠나 지나치지 않은가 말이다.

"아까 말하려다 만 얘기 다시 하면, 장인어른 일방적인 생각이었으면 프란체스카는 싫다고는 안 했어요?"

"싫다고도 안 했어요."

"싫다는 말을 안 했다고요?"

"그래요."

"누가 들으면 흉볼지는 몰라도, 저는 앞으로 어떤 일을 하고 싶다는 꿈도 없었어요. 그냥 막내였어요."

"그랬군요."

"꿈도 없이 살았다는 것이 엉터리지만, 저는 부모님 덕에 걱정이 없어 그랬던 것 같아요."

"그러면 스코틀랜드 문화는 알고 있었어요?"

"몰랐어요."

"그래요?"

"몰랐다가 아버지께서 말씀하셔서 공부는 조금 해서 알게 되었어요."

"스코틀랜드 유학은 어렵지 않았어요?"

"재미는 없었어도 어렵지는 않았어요."

"어렵지 않았다면, 프란체스카는 대단하네요."

"대단할 거야 없지만, 아버지의 뜻을 받들지 않은 것이 오늘에 이르게 했네요."

"오늘이 될 줄 생각을 못 했지만, 나는 프란체스카를 힘들게 하고 있네요."

"아니에요."

"아니기는요. 어떻든 우리는 신앙인들이라 생각하지만 프란체스카를 만나게 해주신 하나님의 섭리는 아닐까 해요."

"하나님의 섭리요?"

"남이 들으면 이상한 말일지 몰라도요."

"지금도 기억나네요. '자리가 없어서 그런데 동석해도 실례는 아닐지 모르겠습니다.' 이 박사는 그러셨어요."

"오랜 일인데 그때 기억을 프란체스카는 하네요."

"이 박사를 만나게 된 일인데 어떻게 기억 못 해요."

"그렇기는 하겠지만, 고맙네요."

"그런데 이 박사께서는 무슨 일이 있어 늦게 참석했지요?"

"무슨 일이 있어서가 아니었어요. 무슨 일인지는 몰라도 주먹다짐까지 하려는 사람을 뜯어말리느라 좀 늦은 거요."

"오지랖이요? 호호…."

"그래요, 오지랖이라고 말할 수도 있지요. 그렇기는 하나 내가 누구요. 빼앗긴 민족의 주권을 되찾겠다고 앞장선 사람 아니요."

"그러시기는 하지만요."

"그러면 모르는 사람이기는 해도 주먹다짐까지 하려는 사람을 보고도 그냥 지나쳐서는 안 되지 않아요."

"그게 남자이기도 하고요?"

"남자요? 아무튼 프란체스카를 만나게 된 것은 우연일 수 없는 하나님의 섭리일 거예요. 자리를 배정해주는 사람 말을 반갑게 받아주신 프란체스카 어머님께도 감사해요."

"거기가 어딘지 기억은 나세요?"

프란체스카가 이승만 박사를 빤히 보면서 하는 말이다.

"기억해요. 제네바 호텔 아니요."

"기억하시네요."

"어떤 만남인데 그런 기억을 못 하겠어요."

"정치 땜에 다 잊고 계시는가 했는데요."

"무슨 일인데 기억을 못 할까요."

"다행이네요. 이 박사님을 보신 엄마는 눈을 크게 뜨고 나를, 그리고 이 박사님을 번갈아 보셨는데 그것도 기억하세요?"

"어머님이 그러셨어요?"

"예."

"그러셨군요. 나는 먹는 데만 신경 쓰느라 몰랐는데…."

"몰랐다고요? 어떻게 몰랐겠어요. 세 사람뿐인데요."

"진짜 몰랐어요."

"그러면 이 박사께서는 저를 건성으로 보셨다는 거 아니에요?"

"건성으로 보다니요."

"말씀이 그렇지 않아요."

"그렇지 않았어요. 자리가 자리인 만큼 내색만 못 했을 뿐 좋아했어요."

지금은 과거 일이 되고 말았지만, 독립운동자라는 이유이기는 해도 홀아비로서 여자를 싫어했겠는가. 다만 괜찮다 싶은 여자를 만나지 못했을 뿐이다. 어쨌든 하나님의 뜻일까 프란체스카가 나타났던 것이다. 만남의 자리가 호텔이기는 해도 말이다.

"진짜요?"

"진짜니까 이렇게 만난 거 아니요."

"만남으로 보면 그렇게는 하네요."

"그런데 프란체스카는 헤어지고 곧바로 집으로 갔던가요?"

"곧바로는 아니고 이틀 후에 갔어요. 그런데 엄마는 불편한 눈으로 보시는 거예요."

"그래요?"

"불편하게 보시는 것은, 재혼하기를 바라기는 해도 아버지 같은 남자를 만나려 것은 아닐까 그런 염려 때문이었을 거예요."

"이해가 됩니다. 찾아보면 프란체스카에 잘 어울릴 멋진 남자도 얼마든지 있을 건데 미안해요."

"미안은요. 이 박사님은 제가 선택한 건데요."

"아이고… 고마워요."

"이 박사님께서는 한 번 만난 것으로 잊으셨는지 몰라도 저는 그렇지 않았어요. 그때 만나고부터는 잠이 안 왔어요."

"그 정도까지요?"

"제가 보내드린 편지 보셨지요?"

"봤지요."

"보시고 어떤 생각이 드시던가요?"

"그걸 말로 해요?"

'이 세상에서 당신을 사랑하는 사람이

백 사람 있다면

그중 한 명은 나입니다.

이 세상에서 당신을 사랑하는 사람이
열 사람 있다면
그중 한 명은 나입니다.

이 세상에서 당신을 사랑하는 사람이
한 사람밖에 없다면
그건 바로 나입니다.

이 세상에서 당신을 사랑하는 사람이
한 사람도 없다면
그건 내가 이 세상에 없기 때문입니다.'[3]

"감사해요."
"저는 그랬었는데, 이 박사께서는 답장을 하셨던가요?"
"기억에는 없으나 답장을 왜 안 했겠어요. 했을 거요."
"제 기억으로는 '고맙습니다.' 단 그 말뿐이었어요."
"남자들은 구구절절한 말을 할 줄 몰라요."
"그런 것만은 아니네요."
"미안한데, 그것을 프란체스카는 이해해야 해요."
"이 프란체스카를 좋아는 하셨고요?"
"허허, 그걸 대답해야 되요?"

---

3) 프란체스카가 이승만 대통령에게 보낸 연서 중 하나.

"프란체스카를 사랑한다! 그런 말씀을 바랐는데요."

"오… 그랬었구먼. 미안해요."

다 지나간 오랜 일들이지만, 프란체스카의 말에 이승만은 그렇게 대답한다.

"아니요, 저를 받아주신 것이 감사해요."

"감사는 프란체스카가 할 것이 아니에요. 내가 감사하지요."

"창피한 얘기지만 우리 집은 부자까지는 아니어도 잘 산다는 이유로 웬만한 사람은 내려다봤어요."

"성장기에는 그럴 수 있지요."

"대학까지 나온 시기였는데 성장기요?"

프란체스카 말이다.

"성장기란 나이만 가지고 말할 수 없어요. 세상을 바라보는 능력까지를 말하는 거지요."

"그런가는 몰라도 그때는 그랬어요."

세상을 떠나기 전에 있는 이승만 박사의 건강 상태가 더 나빠지고 있는지 관심을 두고 살피면서 하는 말이다.

"그래요, 프란체스카 생각이 맞을 거요. 그건 그렇고 프란체스카도 알겠지만 우리 민족은 아들이 없어서는 안 된다는 생각 때문에 아들을 달라고 기도를 드리기도 해요."

아들 선호 현상은 비단 우리 민족에게만 있는 것은 아닌 것 같다. 비슷한 이야기를 성경에서도 말하는 걸 보면 말이다. 가정적으로 여자는 가치 없는 존재로 여기면서 아이러니하게도 어머니는 아버지보다 더 중히 여긴다. 이승만 박사도 어머니의 참빗을 지금까지도 지니고 있었다.

"아들 달라는 기도는 하나님의 창조에 비추어 보면 죄악 수준의 기도가 아닐까요?"

"허허, 아들 달라는 기도가 죄악일 수 있겠어요."

"그건 그렇고, 이 박사님은 신앙인이 되시기까지는요?"

"신앙인이 되기까지요?"

"이 박사님 젊었을 적엔 기독교 교인이 있었다 해도 몇 명이 안 됐을 것 아니에요."

"기독교 교인이 몇 명인지까지는 기억에 없어도 목사는 없고 선교사만 있었지요."

"선교사만이요?"

"그렇지요. 그런 시대적 상황에서 아펜젤러 선교사가 세운 배재학당에 들어가게 된 거요."

"그러셨군요."

"그러니까 아까 말한 대로 과거 제도가 폐지되고 보니 그동안의 공부는 아무것도 아니게 된 거요."

"과거 제도요?"

"오스트리아에도 과거 제도와 비슷한 제도가 있을 건데요."

"나 이전엔 있었는가 모르겠는데, 아버지의 실망이 이만저만이 아니셨겠네요."

"그래요."

"아버님으로서는 이 박사님 과거 급제가 당연했겠지요."
"과거 제도가 없어지니 나도 절망이었지만, 아버지는 더 하셨을 거요."
"배재학당은 사설 학당이었겠지요?"
"배재학당은 사설학당이 아니라고 할 수도 있어요."
"그것은 왜요?"
"임금이 허락한 학당이니까요."
"그래요?"
프란체스카 말이다.
"배재학당이 공식으로 세워지기까지는 아펜젤러 선교사의 수고가 그만큼 컸을 거요."
"수고야 당연하지요."
"배재학당에 들어가고 싶어 아버지께 말씀드렸지요. 아버지도 같은 생각을 가지고 계셨는지 예수 교인만 되지 말라 하시데요."
"지금을 보면 아버지 말씀을 거역하신 거잖아요."
"프란체스카 말대로 그런 셈이지요."
"지금 생각이지만 이 박사님께서는 쫓겨날 행동을 하셨네요."
"그랬지요. 그러나 배재학당에 들어가 교육을 받으니 눈이 떠지게 되었다고 할까. 국가가 임금 제도여서는 안 되겠다는 생각이 강하게 들더라고요."
"그러면 독립운동이 거기서부터 시작되었네요?"
"그렇다고 보면 돼요. 그런데 내가 뭐가 잘났다고 임금 제도를 없애겠다는 무리수를 두었는지 아무튼 그랬어요."

"때문에 사형 집행까지 될 뻔했다면서요."

"그랬지요, 사형 집행 직전에서 풀려나기는 했지만 말이요."

"정말 아슬아슬하셨네요."

"아슬아슬했다고 할 수 있지만, 한성감옥에서 신비한 경험을 했어요."

"그러니까 하나님의 은사요?"

"그렇지요. 성경을 보는데 추운 감옥인데도 내 몸이 따뜻해지더니, '하나님 나를 풀어주소서.' 그런 말이 나도 모르게 나오는 거요."

"신앙인이면, '나를 풀어주소서.' 그런 말은 당연하지 않아요?"

"신앙인이요?"

"예."

"나는 그때까지도 신앙인이 아니었어요. 그런 사람이 '나를 풀어주소서!' 그런 말이 나온 것은 내 생각대로 된 게 아니라고 생각해요."

"그 얘기를 하셔서 말인데, 물 위로 걸으신 예수님 얘기는 신앙인들도 만든 얘기로 보기도 하는데 이 박사께서는 신앙적으로 얘기하셨네요."

"그것만이 아니요."

"그것만이 아니라고요?"

"한번은 말이요. 한성감옥에서 풀려났을 땐데요. 고종 임금이 나를 정치 제도를 뜯어고치겠다는 아주 위험한 놈으로 여겼나봐요. 보부상을 동원해 나를 죽이려고 찾고 다니는 거요. 그것도 수십 명이 떼거리로 말이요."

"그래서요?"

"그래서 붙잡히면 안 되겠다 싶어 '걸음아! 나 살려라!' 하고 도망을 치는데, 어떤 사람이 가로막더니 하는 말이 '그렇게 도망을 쳐서는 붙잡힐 수밖에 없으니 그러지 말고 붙잡으러 오는 무리들 쪽으로 가야 돼!' 그러는 거요."

"그렇게 말한 사람은 노인이었어요? 젊은이였어요?."

"사십 대라고 할까, 거기까지는 잘 모르겠는데 그 사람은 그런 말 한마디만 하고는 어디로 가버렸는지 뒤돌아보니 없어진 거요."

"그래서요?"

"어떻든 생판 모르는 사람이 한 말대로 나는 붙잡히지 않고 살아난 거요. 그러니까, '나는 아니요.'라며 시치미 뚝 떼고 붙잡으려는 무리들 쪽으로 뚜벅뚜벅 걸어가는데, 보부상 떼거리들은 이상하다는 눈길도 안 주고 길을 비켜주는 거요. 물론 눈길도 안 주고 길을 비켜주는 것은 '이승만'이라는 이름만 알고 있을 뿐 내 얼굴을 한 번도 못 봤으니, 내가 말하지 않는 이상 누군지를 몰라 그랬겠지만 말이요."

"거의 소설인데요."

"그런 소설도 있을까요?"

"지금 말씀이 그렇잖아요."

"어떻든 그렇게 해서 위기를 모면했어요. 그런 위기를 모면하고 생각을 해보니 붙잡히지 않게 했던 그 사람은 사람이 아니라, '이승만 너는 민족을 위해 큰일을 해야 될 사람이다.'라는 하나님의 천사가 아니었을까 해요."

"지금도 그렇다고 믿으세요?"

"못 믿었으면 내가 우리나라에 기독교 입국 왜 말했겠어요. 안 그래요?"

"그랬기는 하네요."

"그런 얘기가 나왔으니, 프란체스카에게는 처음 하는 얘기이지만 예수를 믿게 된 사연을 이야기하면 이래요. 아버지는 여섯 살이나 더 많은 어머니와 혼인을 해서 아들을 둘이나 두신 거요. 아들이 둘이나 돼 좋아라고 하고 사시는데, 느닷없는 전염병 돈 거요."

"그러니까 전염병에 두 아들을 잃으신 거라고요?"

"그렇지요. 두 아들을 한꺼번에 잃게 되었으니 아버지는 어떻겠어요."

"말해 뭘 해요."

"아버지는 앞이 캄캄하셨을 거요."

"아이고…."

아들이 아니어도 멀쩡한 자식이 잘못되었다면 당연히 앞이 캄캄했겠지요. 자식이 아니고 부모가 억울한 죽임을 당하면 복수심이 솟던지, 눈물 몇 방울이면 끝이겠지만 말이에요. 프란체스카는 그런 눈으로 남편 이승만 박사를 본다.

"어머니는 아버지를 생각해서만이 아니라 아들을 또 낳겠다고 불공을 열심히 드립니다. 그런 불공의 덕일 수는 없겠으나 다행히 내가 태어난 거요. 그래서 부모님은 내게 온 정성을 다 쏟으시며 과거급제에 합격할 만큼 공부를 시키신 거요. 내가 생각해 봐도 공부를 여간 잘했어요. 그래서 내 이름이 '먼 동네까지'인 거요. 임금까지는 제도적으로 할 수 없지만, 과거 급제는 된 것이나 다름없다고 아버지는 기대가 크셨지요. 그런데 과거 급제 시험 제도가 없어진 거요. 그때 나이가 열일곱 살이었는데 과거 급제 제도가 없어지고 보니, 그동안의 공부는 아무것도 아닌 거요. 때문에 앞일이 막막해서 어깨가 축 늘어져 있을 때 배재학당 학생으로 있는 친구 세 명이 다가와 배재학당에 가자고 하는 거요."

"'친구에게 전도해라.' 학생들은 선교사가 말해서 그랬던 것이 아니었을까요?"

"아마 그랬을 거요."

"그때 친구들은 어떻게 되었지요?"

"독립운동에 활동하기도 했고 그랬어요."

"선교사들은 기독교 전파도 있지만, 새로운 문물을 심어 주자는 목표도 있었을 거예요."

"그렇겠지요. 어떻든 그래서 아버지께 말씀드리니 배재학당에 다녀도 되지만 예수당이라는 것을 알고 공부를 하라고 단속을 하시는 거요. 그렇게 단속했던 것은 아버지는 유교를 절대적으로 신봉하는 분이셨기 때문이었지요. 그래서 아버지 분부대로 공부만 하겠다는 각오로 공부를 했지요. 그러나 공부를 하다 보니 말도 안 되는 '이씨 조선'인거요. 만백성이 이씨 집안을 위해 존재하는가 싶어 기분부터 나쁘기 시작한 거요. 그런 잘못을 바로 세우겠다는 생각으로 배재학당 친구들 몇 명만으로 왕 제도를 폐지하자는 조직을 만든 거요. 조직을 만들었다면 다음 수순은 뭐겠어요. 당연히 행동이어야 할 것 아니요."

"조직이라고 해도 조직원이 몇 명뿐이면 궁궐에서는 아무것도 아닌 조직으로 안 봤을까요?"

"아니요. 궁궐에서는 우리의 조직이 배재학생들이라 신경이 쓰인 거요. 그래서 싹을 자르자는 생각을 했겠지요."

"그랬었던 얘기 누구예요게 하셨어요?"

"아니요, 프란체스카가 처음이요."

"그런 얘기는 교회에서 간증을 해도 좋겠네요."

"지금 생각을 해봐도 아슬아슬했지요."

"그렇게 보면 하나님께서 이 박사님을 구하신 것은 국가를 위하라는 거네요."

"그렇게도 믿고 싶지만, 국가적으로 영어를 잘하는 사람이 필요했던 거요."

"그래요?.

"그렇지요, 영어 때문에 미국에 가게 된 거고."

"영어를 배웠다 해도 능통까지는 아니었을 텐데요?"

"그렇지요, 영어 실력이야 초등학생 수준이었지요. 그런 영어 실력이었지만 영어를 나보다 더 잘하는 사람이 없어 미국에 가게 된 거요."

"이 박사님은 미국에서 석, 박사까지 했으니, 미국 사람으로 사신 거 아니에요."

"그렇게 된 거지요."

"그래서 이 프란체스카를 만나신 거네요?"

"허허, 그렇게 되는가요."

"사실이잖아요."

"맞네요. 미국에 간 김에 아예 미국에 정착을 해버리게 된 건데, 귀국을 하게 되면 고종에게 당할 것 같더라고요."

"그럴 만도 하네요. 그런데 이 박사께서 목사가 될 뻔했다는 말은 무슨 말이에요?"

"목사요?"

"예."

"선교사는 그런 생각도 한 것 같아요. 지금도 기억이 나는데, 어느 날 선교사가 맛있는 걸 사 주더니 '승만이는 목사가 되고 싶지 않아?', '목사가 되고 싶다는 생각은 못 했는데요.', '승만이 자네는 머리도 좋잖아. 영어를 반년 만에 다 해버리고 말이야. 머리도 좋지만, 잘도 생겼잖아. 대 놓고 말하기는 좀 그렇기는 해도.', '저는 그렇지 않은 것 같은데 선교사님은 저를 너무 띄우시는 거 아니에요?', '띄우는 게 아니야. 사실을 말하는 거야.', '감사합니다만, 머리가 좋고 잘생긴 것이 목사의 기준이 되어서는 안 될 건데요.', '그래, 승만이 자네 말이 맞아. 목사의 기준이 머리 좋고 잘생긴 것이어서는 안 되기는 하지. 그렇기는 해도 사람들이 아무렇게나 생긴 목사를 좋아하질 않아. 승만이는 무슨 말인지 알겠지?', '그렇기는 하지요. 그러면 생각은 해볼게요.', '생각이 아니라 목사가 되면 좋겠어. 내가 뒷받침을 충분하게 해 줄 테니.', '뒷받침은 감사합니다만 목사는 생각해볼 일입니다.', '그래, 승만이는 아직 모르겠지만 우리 미국 선교 단체는 조선에다 복음의 씨앗을 뿌리기 위해 구성된 단체도 있고 모아둔 자금도 있어.', '선교사님 말씀, 이 자리에서 대답하기는 아닌 것 같아 생각할 시간은 좀 주세요.', '알았네. 그리고 필요한 것이 있거나 하면 언제든지 말해 도와줄 테니.', '그렇게 할게요. 감사합니다.', '그리고 말이야, 혼자 지내기는 어렵지 않아?', '그러니까 결혼하라는 거예요?', '그렇지. 혼자보다는 가정이 있어야 할 게 아니야.', '그러면 좋은 여자는 있고요?', '자네만 좋다면 내가 소개해 볼게.' 선교사가 그런 거요."

"그랬으니, 저 때문이 아니었다는 거네요?"

"허허, 아니니까 프란체스카가 지켜주는 거잖아요."

"그렇게 되고 말았지만, 이 박사께서는 대한민국의 통치자가 되신 거니 선교사의 목사로 만들기는 실패네요."

"목사 만들기 실패요?"

"지금은 아니니까요."

"그렇기는 하네요. 그런데 가정을 갖기보다는 국제 정세가 어떻게 움직여질 건지 그게 궁금해져서 그쪽 분야 공부를 하고 싶어지데요."

"공부를 하자고 해도 학비나 생활비 등이 있어야 할 건데 그런 돈을 대줄 사람은 있었어요?"

"그러니까 부잣집 막내딸 프란체스카 가정을 미리 알았으면 좋을 뻔했다는 건가요?"

"그런 말까지는 아닌데요."

"미국 생활 초창기이기는 하나 목사를 만들고 싶어 했던 선교사덕분이라고 해야겠지만, 선교단체들 도움을 많이 받았어요."

"그러셨군요. 궁금한 게 있는데, 또 있는데 이건 좀…"

프란체스카는 그렇게 말해놓고 이승만 대통령 표정을 본다.

"말하기 쉽지 않은 얘기요?"

"아니요, 말할게요."

"그래요, 말해요."

얘길 나눌 사람이 프란체스카밖에 더 있는가.

"알겠어요."

"생각을 해보면 우리가 만날 때까지 혼자 지내셨는지 그게 궁금하기도 해요."

"복잡한 얘긴데 그래도 괜찮아요?"

"다 지난 얘긴데요. 뭐…"

"그렇기는 해도요."

"아니요. 앞에서도 말했지만, 아들과 같이 있게 될 땐 아들만 생각했지 다른 여자 생각도 못 했고, 심정적으로 의지가 되는 사랑하는 아들이 죽고 나니 정신이 몽롱해졌고, 독립운동에 정신이 팔리다 보니 홀로 지낼 수밖에 없었어요. 그러고 있을 때 프란체스카가 보인 거요."

"제가 보였다고요?"

"프란체스카가 안 보였으면 오늘이 있겠어요. 안 그래요?"

"아이고… 말을 말 걸 그랬네요."

"말을 말 걸이라니요?"

"아니요."

"조금 전 의사가 와서 무엇이라고 했어요. 말을 많이 하는 것이 건강에 도움이 된다고 했잖아요. 그래서 말인데 궁금한 게 있으면 그것이 무엇이든 다 말해요. 알고 있는 데까지는 대답할 테요."

"그러면 대한민국이 일본화가 다 된 상태서 해방이 되었는데, 그런 문제는 국제 정세로 봐 이 박사님은 예측을 하셨나요?"

"그런 문제까지요?"

"듣고 싶어요."

"그래요, 내 생각이 맞을지 몰라도 말해 볼게요. 그러면 물부터 주세요."

이승만 박사는 따뜻한 물을 두어 모금 마신다.

"물을 찾으시는 걸 보니 말씀을 너무 많이 하시게 했나 봐요."

"아니요. 내가 쓴 책 프란체스카는 봤나요?"

"『저팬 인사이드 아웃(Japan inside out)』이라는 책 말이에요?"

"그렇지요."

"봤는데, 예언 아니에요?"

"예언이지요. 예언이지만 성경에서 말하는 그런 예언이 아니고, 세계 질서가 어떻게 움직여질지… 이를테면 해안이라고 할까, 아무튼 그래요."

"그렇군요."

"신앙인 입장에서 국제 정세를 보면 오늘의 대한민국은 러일 전쟁과 중일 전쟁에서 일본이 승리한 것이 더 나은 결과라고 말할 수 있어요."

"러일 전쟁, 중일 전쟁에서의 일본 승리가 대한민국을 있게 했다고요?”

“드러내놓고 말하기는 아닐지 몰라도 나는 그렇게 생각해요.”

“그래요?”

“그렇지요. 그렇게 말할 수 있는 것은 중일 전쟁과 러일 전쟁에서 중국과 러시아가 승리했다면 대한민국은 어떻게 되었을까요? 생각하기도 싫은 6·25 전쟁은 없었을 것이나, 대한 국민으로서의 자유는 묵살이 된 공산주의 국가가 되었을 것 아니요. 내 말 프란체스카는 이해가 돼요?”

자유가 무시된 통치 형태에서 살아야 될 것이 아닌가.

“공산주의 국가요?”

“공산주의에 대해 프란체스카도 모르지는 않겠지만, 공산주의가 무슨 주의요. 각기 가진 정신세계가 무시된 유물론 주의잖아요. 때문에 유물론 주의 국가를 유지하려면 종교가 있어서는 안 되는 거요. 인간 세계에서 종교란 뭐요. 자유를 말함 아니요. 그래서 우리 대한민국으로서는 러일 전쟁에서, 중일 전쟁에서 일본 승리가 더 낫다고 하는 거요.”

“이 박사님 말씀이 정답인 것 같네요.”

“그래요. 우리 민족이 일본에 빼앗겼다고 생각을 하면 싫지만, 따지고 보면 우리나라가 자유 민주주의 국가가 된 것은 일본이 승리했기 때문인 거요.”

이런 문제에 있어 누구는 아니라고 말할지 몰라도 러일 전쟁에서 러시아가 승리했다면 어떻게 되었겠는가. 6·25 전쟁은 없었겠지만, 서울 올림픽, 월드컵 축구 등도 없었을 것이다. 오늘도 태극기 휘날리며 오대양을 향해 나아가는 저 선박들은 얼마나 자랑스러운가 말이다.

"그러면 공산주의 국가마다 종교를 악으로 취급할까요?"

"그런 문제는 프란체스카도 잘 알 텐데요."

"실재까지는 모르지요."

"실재까지 모르기는 해도 사실일 거요."

이승만 박사 말이다.

"어떻게 보고요. 소련도 종교 자유는 없으나 중국처럼 핍박까지는 하지 않는 것 같아서요. 또 다른 얘기로 국가 개혁까지가 이 박사님 평소 소신이었어요?"

"아이고… 그런 얘기까지요?"

"나는 그런 얘기도 궁금해요."

"프란체스카는 궁금한 것도 많다."

"진짜예요. 『저팬 인사이드 아웃』에서 말한 내용은 미국 군사 전문가들도 깜짝 놀랐다면서요. 하나님의 특별한 은사에서 나온 거지요?"

"『저팬 인사이드 아웃』을 내기까지는 하나님의 은사라고 말해도 될 건데, 그 얘기를 하자면… 국제 정세가 어떻게 움직여질지에 대한 생각에 떠오른 거요."

"그래요?"

"일본이 어떤 나라요. 심리적으로 갇혀 있는 섬나라잖아요. 그래서 섬사람들은 뭍으로 나오고 싶은 심리가 있을 거요. 또 힘이 약한 자는 강한 자에게 당한다는 심리도 가지고 있지요. 꼭 그렇다고 볼 수는 없어도 생명체들마다 그렇게 창조되어 있잖아요. 그래서 일본은 대륙에 비해 작을 수도 있는 그런 섬나라지만 청일 전쟁, 러일 전쟁, 중일 전쟁에서 모두 승리를 거둔 무서운 국가인 거요."

"세계 전쟁까지 일으킨 국간데요."

"우리 민족 어른들은 애들 장난감 같은 활이나 만들고 있을 때, 일본은 무엇을 만들었나요. 전쟁을 위해 총 등 각종 전쟁 무기들을 공장에서 프린터로 출력하듯 만든 거요. 그런 무서운 일본이니 청일 전쟁, 러일 전쟁, 중일 전쟁의 승리만으로 만족하지는 않았던 거요."

중국, 인도네시아, 필리핀만 점령해서는 프랑스, 독일, 네덜란드, 폴란드 등 유럽 강대국들이 일어날 위험성이 있다. 때문에 패권국인 미국은 무찔러야 한다는 생각을 했겠지요.

"진짜 대단한 나라네요."

"대단한 나라지요. 빼앗기느냐 뺏느냐에 있는 엄혹한 국제 사회에서 일본 정치인들 생각은 이만하면 되었다 하는 게 아니었어요. 미국의 힘을 뺏겠다는 목표를 세운 것은 묻지 않아도 될 거요."

"진주만 폭격이 사실이지만 개인적으로 가미카제까지도 무섭네요."

"지구상의 모든 국가를 하나의 국가로 만들겠다는 의미로 만든 것이 일장기인 거요."

일장기 만들 때의 목적은 지구를 한 국가로 만들자는 그런 의미가 아니었다. 수백 개의 지방색을 통일하자는 데 있었을 것이다. 천황 제도도 같은 뜻에서 만들어진 것이고 말이다. 그것이 잘 되고 보니 국가라는 형태가 갖추어지고, 남의 나라를 넘볼 만큼의 힘이 강해져 해적선이라는 고약한 배들이 한반도를 넘어 인도 등에서 약탈을 했다. 일본은 그 과정에서 새로운 문물을 접하게 되고 기술을 습득해 부강한 국가가 되고 세계 전쟁까지 일으켰다.

"거기까지는 몰라도 일본이 미국까지 삼키겠다는 의지로 진주만 폭격까지 했지만, 미국에 최신무기인 원자폭탄이 있을 거라는 생각을 못 했는지 원자폭탄 두 개 때문에 항복하고 말았잖아요. 프란체스카도 알겠지만 말이요."

"원자폭탄 때문에 수만 명의 목숨들이 죽었을 텐데, 비참 그 자체였겠네요."

"그런 문제에 있어 미국도 고민했는데, 일본을 그대로 두면 더 많은 인명 피해가 있을 거라는… 이를테면 주판을 튕긴 거요."

"국가 일이기는 하나 전쟁을 일으키는 것은 큰 죄악 아니에요."

"그렇지요. 상상도 해서는 안 될 일이지요."

"인간이 가지고 있는 도덕 개념을 깡그리 무시한 처사지요."

"안타까운 일이지만, 전쟁이 일어날 조짐은 상존한다고 보면 될 거요."

한 국가의 군대 조직이 커지면 상대 국가를 넘보는 것이 그동안의 관례였다. 우리 한민족도 아니라고 말하기는 어려운 것이 고구려가 드넓은 만주 벌판을 소유한 것을 생각하면 될 것이다.

"전쟁만은 없어야 할 건데 말이에요."

"일본이 전쟁에서 얻은 것보다 잃은 것이 더 많다는 생각인지 몰라도 일본은 돈 벌겠다는 생각만 있는 것이 아니요. 그런 얘기를 우리가 해서는 가치도 없지만 알아둘 필요는 있을 거요. 프란체스카도 알고 있겠지만 일본 사람들 체구를 보면 작은 편이잖아요."

"지금은 아닌 것 같은데요."

"지금이야 아니지만, 그런 작은 체구를 덩치가 큰 서양인들처럼 다시 크게 고치기는 불가능해 생각해 낸 것이 바로 알몸만으로 경기를 하는 스모라는 경기인데 거기까지는 모르지요?"

"처음 듣는 말인데요."

"누구한테 안 들었다면 처음이겠지요. 인간이라면 누구든 크고 좋은 것을 추구하게 되어 있는데, 그런 것들 중에 일본인들은 뭍에 사는 사람들을 부러워한다는 거요. 물론 모두라고 말할 수는 없겠지만 말이요. 『저팬 인사이드 아웃』은 그런 상식에서 내놓게 된 책인 거요. 그런 책을 가지고 무슨 대단한 생각에서 내놓은 책인 것처럼 말들을 하네요. 어떻든 『저팬 인사이드 아웃』을 칭찬하는 말들이라 싫지는 않지만 말이요."

"거기까지는 이해가 되나 진주만 공습 예견은요."

"프란체스카는 『저팬 인사이드 아웃』을 건성으로 본 거요?"

"건성으로 안 봤는데요."

"그래요? 말할 필요도 없이 전쟁에서의 승리가 목적이지 않아요. 그래서 적국의 약점이 어디냐를 먼저 보는 거요. 그것이 곧 하와이 해군기지를 파괴하는 것인데, 해군함 몇 척을 파괴한 것이 결과적으로 일본이 패망하게 하고 말았지만, 하와이 해군기지는 지정학적으로 일본과는 가까운 곳이기도 하잖아요."

"미국 본토와는 그렇지요."

"하와이는 미국 항공모함을 건조하는 곳이기도 해요. 그러면 일본이 거대 미국과의 전쟁에서 승리할 거라고 감히 생각이나 했겠느냐는 거요. 내가 거기까지 안 것은 철학 공부를 한 것이 도움이 되었지요. 철학 공부를 하다 보니 일본이 어떤 나라인지 보인 거요."

"그래요?"

"일본인들은 체구가 우리 대한민국인보다 작은 편이요. 그래서 말인데 한국말로 작은 고추가 맵다고나 할까 그래요."

"작은 고추가 맵다고요?"

"오스트리아에는 작은 고추가 맵다는 말 없어요?"

"그런 말 못 들어봐서 모르겠네요. 그런데 '작은 고추가 맵다'와 전쟁을 일으킨 것과 어떤 상관이 있을까요?"

"작은 고추가 맵다는 말이 나와서 말인데, 일본은 스모라는 운동경기도 있잖아요."

"저는 말만 들었어요."

"기회가 되면 한번 봐둘 만 해요. 체구가 큰 서양 사람들이 생각하는 것처럼 체구가 작은 사람들이 아니라는 일말의 과시인 거요. 일본학자들 말도 들어봐야겠지만 나는 그렇게 생각해요."

한국 씨름도 일본 씨름도 오래전부터 있었다고 한다. 그렇지만 일본 사람들은 '미국인들만 체구가 큰 게 아니야. 우리도 작지가 않아.' 그런 마음이 있지 않았겠는가. 그런 엉터리 생각이 밥 먹여주지는 않겠지만 말이다.

"그래요? 그런데 체구가 큰 것하고 전쟁은 다르잖아요."

"프란체스카 말을 듣고 보니 그렇기는 하네요. 그러나 일본인들 심리는 구조적으로 약점인 점을 우월하게 바꾸고 싶은 거요."

일본인들은 그래서 상당한 것을 희생하더라도 청일 전쟁, 러일 전쟁, 중일 전쟁, 태평양 전쟁까지 밀고 나간 것이다. 일본인들의 그런 심리를 이해하고 쓴 책이 『저팬 인사이드 아웃』인 것이고 말이다.

"약점을 강점으로 바꾸고 싶은 거요?"

"그렇게 말하기는 무리가 있지만 말이요."

"진주만 폭격이 『저팬 인사이드 아웃』이 나온 후 6개월 만에 있었다면서요? 그러면 예언 책이잖아요."

"몇 개월 전에 나왔다고 해서요?"

"그렇지요. 점쟁이처럼 말이에요. 아니, 점쟁이라는 말은 취소할게요."

"취소 안 해도 돼요. 진주만 폭격 시기가 그렇게 되었지만, 곧일 것이라는 짐작은 했지요."

"그건 그렇고 상해 임시정부를 이끄신 것은요?"

"상해 임시정부를 이끈 것은 아니고, 빼앗긴 조국을 되찾기에는 아무것도 아닐 수 있지만, 임시정부는 명분상 대통령이 있어야 해서 내가 대통령으로 추대된 거요. 임시정부를 이끌 능력이 있어서가 아니라 그러니까 연장자라는 이유로요."

"제가 보기는 이 박사께서는 연장자만이 아닌데요."

"그것은 왜요?"

"왜가 아니라, 국가 운영을 가족만이 하는 제도에서 새로운 시대에 맞게 바꾸겠다고 앞장서기까지 하셨는데요."

"그랬던 점을 인정해서는 아닐 거요."

"왜요?"

"우리 한민족의 사회적 문화는 연장자를 대접하는 그런 문화예요."

"한민족만 그런 게 아니에요. 오스트리아도 같아요."

"어떻든 이름만 임시정부 대통령이지 아무것도 아닌 거요. 생각을 해봅시다. 국가 조건인 국토, 백성, 주권이 있어 할 건데 조국을 빼앗긴 상황에서 국토가 있어요, 백성이 있어요, 주권이 있어요. 아무것도 없는데 상해 임시정부가 무슨 국가겠어요. 임시정부라는 말도 엉터리 말이지만, 독립운동을 한다는 이유로 붙잡히지나 않을까 해서 외국인 중국으로 피난한 상태에서 말이요."

"독립운동은 일본에서 벗어나자! 그런 논리 아니에요?"

"맞아요. 독립운동을 했던 입장에서 말하기는 어려우나 아무것도 아니지요."

이승만은 상해 임시정부 대통령이기는 하나, 공부라는 명분으로 아예 미국 사람으로 살아왔던 것이다. 그것은 조선인이지만 삶의 풍습까지도 일본식으로 바뀐 상태인 상황에서, 이승만은 임시정부 대통령 탄핵에 대해 신경도 안 썼을 것이다. 그렇다는 것이 여러 곳에서 나타나고 있다. 미국에서 공부를 하다 보니 국제 정세가 보이고, 독립은 불가능하다는 결론에 이르렀을 것이다. 해방이 되고서 이승만도 김구 일행도 입국을 하는데 그런 문제에 있어 여러 말이 있었다. 이승만 단독 정부는 안 되느니 등 말이다.

"새로운 국가를 세우려면 국민 모두는 아니어도 상당수 국민의 동의가 필요할 건데, 상해 임시정부에서 수고하신 분들에게는 얘기 안 하셨던가요?"

"얘기를 안 한 게 아니라 못 한 거요."

"그러셨군요."

"그래서 독립운동에 애쓰고 있는 분들에게는 미안도 해요. 미안하지만 빼앗긴 조국을 되찾을 수 있는 길은 힘이 막강한 미국 대통령의 도움을 받을 수는 없을까? 한 것이 그렇게 된 거요."

"이 박사님은 독립운동을 하시느라 고생만 하셨네요."

"그렇지요. 생각을 해보면 말이요. 고생만이지요. 다행히 뜻하지 않게 해방이 되었지만, 생각을 해보면 우리 민족은 이미 일본 사람이 되어버린 거요."

창씨개명까지를 당연하게 받아들였다면 고조선으로부터 이어진 조선 사람이 아니라 일본 제국주의 사람인 것이다.

"물 한잔 드릴까요?"

"물이요?"

"얘기를 많이 하셔서요."

"그래요. 물 주세요."

이승만 박사는 프란체스카로부터 받아든 보리차를 반도 못 되게 마신다.

“상해 임시정부에서 독립운동에 참여한 분들은 몇 명이었어요?”

“상해 임시정부에 참여한 분들이요?”

“예.”

“그래요. 몇 명인지는 명단을 봐야겠지만, 몇십 명에 불과했어요. 그러니까 일본으로서는 독립운동 정도는 신경 쓸 필요도 없었을 거요. ‘독립운동이라고 떠들어 댈 날도 얼마 남지 않았다. 날짜나 빨리 가거라.’ 했을 것은 짐작이 필요하겠어요.”

그렇다. 중국 하얼빈역에서 이토 히로부미를 저격한 안중근 등 독립운동에 적극이었던 분들에게는 조심스러운 말이나, 좋은 결과를 내놓을 자신도 없는 투쟁이었다. 그런 점에서 이승만 대통령을 나쁜 대통령이라고 국민들은 폄하할지 몰라도 실질적 효과는 내놓기 위해 미국 정치계 인사들을 친구로 삼았고, 미국 정치계 인사들을 친구로 삼은 것이 유엔군까지 동원해 공산화를 막아낸 것이다. 대한민국 국민으로서 공산주의를 싫어한다면 이 공을 알아야 한다.

“이 박사님께서는 상해 임시정부의 조직원일 뿐 미국에서만 계신 것 아니에요?”

“미안하지만, 그렇지요.”

“때문에 상해 임시정부 요직들은 한마디씩 했겠는데요.”

“그랬겠지요. 그러나 나는 상해 임시정부에서는 할 일이 없기도 했지만 미국을 이끌만한 인물들을 내 편으로 해야겠다는 그런 생각이 있었던 거요."

"그러셨군요."

"어떻든 그런 생각에만 있다 보니 대통령직에서 탄핵당한 거요. 물론 관심도 없었지만 말이요."

"그러셨으면 미국 친구들은요."

"미국 친구들이요?"

"예…."

"사정상 못 오게 돼 미안하다는 덜레스 등 말이요?"

"아니에요."

"토지개혁도 그래요. 배재학당에서 공부를 하다 보니 지배자와 피지배자가 있어서는 안 된다는 생각이 강하게 들더라고요."

"토지개혁 성공했잖아요."

"그렇기는 하지요."

"토지개혁의 큰 역할을 한 장관이 누구였지요?"

"조봉함이었어요."

"조봉암은 농림부 장관이잖아요."

"그렇지요, 조봉암은 농림부 장관으로 마음에 들게는 했지요."

"그랬군요."

조봉암이 농림부 장관으로서 토지개혁을 잘했다면 이승만을 돕자는 마음이 아니었을까. 그런데도 사상이 불순하다는 이유를 들어 사형까지 한 것은 국가적으로 아까운 인물을 없앤 셈이다. 물론 사형을 시키라고까지는 않았다 해도 이승만 대통령은 이런 문제 있어 '나는 아니다.'라고는 못할 것이다. 그러나 정치 세계에서 적을 그냥 두어서는 안 된다는 이유라면, 그런 이유도 인정하는 것이 타당치 않겠는가. 통치자는 칼을 든 사실상 위험인물인 것이다. 칼보다 무서운 것이 '사인'이라고도 해서다. 대통령은 국가 운영자인 것이지, 성인들이 말하는 도덕군자가 될 수는 없기 때문이다. 어떻든 조봉암은 감방 창문으로 찾아오는 비둘기를 유일한 친구로 삼았다는 일화가 있다. 사형 선고를 받고 사형 집행 전날까지 말이다.

"조봉암은 프란체스카도 좋게 봤던 인물인데, 기억할까요?"

"저는 이 박사님 퍼스트레이디라고는 해도 정치 세계는 잘 몰라요. 그렇게 보면 이 박사님에게 야단을 맞아도 할 말은 없을 것 같네요, 물론 다 지나간 일이기는 해도요."

"프란체스카가 도와줄 일이 뭐 있겠어요. 대통령 부인으로서 행사 때 옆에 서 주는 그런 정도이지요."

"정치도 모르지만, 한국 풍습도 몰라요. 그래서 주방을 담당하는 분들로부터 배우는 중이에요."

"그러면 열심히 배워보세요."

"네. 말이라도 열심히 배울 거예요."

"그래요. 토지개혁이 성공적으로 이루어지기는 했으나, 토지개혁 과정에서 어려움도 있었어요. 정부 요직에 세울 인물들마다 토지가 많아서요."

"그래도 토지개혁에 큰 무리는 없잖아요."

"토지개혁에 동의를 안 할 지주는 없을 것 같아서 말했지요."

"무슨 말로요?"

"시대적으로 잘못이라고 말할 수는 없어도 우리 민족이 수백 년 동안 지켜온 조선왕조 시대를 마감하고 양반과 상민이 따로 없는 대한민국을 건설하자는 것입니다. 그래서 말씀드리지만, 여러분들이 가지고 계신 농지를 포기하겠다는 각오였으면 합니다. 그동안 힘들게 살아온 우리 후손들을 위해서요. 아마 이런 정도의 말을 했을 거요."

"농토는 생명이나 같았을 건데요."

"그러니까, 농지 포기를 안 하실 거면 이 자리에 앉아 있을 필요가 없습니다. 그런 의미로 말했던 것 같아요."

"그런 말씀은 협박 아닌가요?"

"협박이기도 하지요."

이승만 박사는 프란체스카를 빤히 보면서 말한다.

"한국 남자들은 벼슬을 가문의 영광으로 여긴다면서요."

"오스트리아는 안 그래요?"

"안 그런 것 같은데요."

"아닐 건데요."

"그래서 싫다는 말은 못 하고 응했을 거라는 거요?"

"확실하게는 몰라도요."

"말 안 해도 프란체스카는 알겠지만, 농지개혁은 자유를 말함인 거요. 토지 많은 사람을 지주라고 말하지요. 지방에서의 지주는 받들어 모셔야 하는 왕인 거요."

지주는 토지를 혼자 다 관리할 수 없어 소작인들에게 얼마씩 나눠주고 소작료를 너무 많이 부과했다. 그러니까 경상도 최 부자를 예로 한다면, 최 부자의 생활비가 벼 일백 석으로도 될 거면 소작인들도 먹고살라고 수확량의 몇십 분의 일 정도의 소작료를 받아도 될 것이었지만 아니었다. 또 몇십 년을 소작하기로 한 법률적 계약도 없었다. '농지개혁'이란 절약해 모은 돈으로 토지를 사기도 하고 형편에 따라 팔기도 하는 그런 자유를 말하는 것이다.

"프란체스카는 고향의 토지 제도가 어떤지 알아요?"

"거기까지는 몰라요."

"그래요. 프란체스카가 없었을 때면 모르겠지요."

"그런데 말씀하신 대로 농지개혁은 자유 국가를 말하네요."

"미국도 노예 제도가 있었지만, 우리 민족의 인간차별이 얼마나 심했냐면 팔천(八賤)은 절대로 멸시했던 민족이요."

"어느 책을 보니까 김성수가 대표적 친일파일 뿐만 아니라, 한국 자본주의 발전사에서 표본적인 지주 겸 자본가였다고 하던데, 그런 인물에게 학교를 세우라고 하신 것은 친일을 덮어주기 위해서는 아니었던가요?"

"좋은 물음이요."

"아이고…, 칭찬도 다 해주시네요."

"칭찬이 아니라 나를 공격할 사람들은 그렇게 생각하고 말도 할 거요. 그러나 그런 걸 다 따지자면 국가를 위해 일하고 싶은 사람은 누구도 없을 거요."

"그렇기는 하겠지요."

프란체스카 말이다.

"그래서 받은 토지대금으로 좋은 일 좀 하라는 말을 하려고 생각을 하고 있는데, 스스로들 학교를 세우는 거요."

사람의 속마음을 들여다볼 수도 없어 그렇지만 진심이 아닐 수 있다. 그것은 바라지도 않는다. 느닷없는 해방에다 이승만 정부에 동조를 안 하고는 가진 재산도 다 빼앗기고 나이 먹은 입장에서 인생 말미가 우습게 될 소지가 있기 때문이다. 삼국지에서 말하는 처세술인 것이다.

"그렇다는 것을 학생들도 알아야 할 건데요."

"학생들이 알게 하는 것은 교수들 몫이지요. 안 그래요?"

"그렇기는 하네요."

"그리고, 이 박사님은 장로님이시면서 다른 종교도 도우셨는데 그 이유는요?"

"그런 말까지요?"

"안 하셔도 돼요."

'말씀하기도 힘드실 텐데 괜찮을지 모르겠다. 도움이라면 말씀을 듣는 것이 맞을 건데 말이다.'

"기록을 보면 고려를 멸망시킨 이성계가 스님들을 밉게 본 거요. 밉게 본 것은 스님이면 불교나 관심을 두어야지 국가 운영 문제까지 간섭한다는 거요. 그 예가 사명대사, 원효대사 같은 중들인데 중들을 천하게 여기려면 중국에서나 중시했던 유교를 받아들여야 했던 거요, 그것이 곧 종묘사직인 거요. 종묘사직은 말도 안 되게 이씨 조선을 영원무궁토록 하자는 거요. 궁궐에서야 그랬지만 백성들은 스님을 천하게 대하지는 않았어요."

"그렇군요."

"미국처럼 국교로 하기에는 정치적으로 문제가 있겠다는 생각이 들었어요. 그래서 종교도 자유를 주자는 거였어요."

그 때문은 아니었을 것이나 스님들 중에 기독교로 개종하는 경우가 꽤 있었다. 목사가 불교로 개종하는 경우는 없었지만 말이다.

"자유 민주주의 국가는 종교 자유도 당연하지요."

"당연도 하지만, 종교 갈등을 막자는 거였어요."

"그래서 이 박사님께서는 절간에도 가보셨잖아요."

"절간은 프란체스카도 가 봤잖아요."

"절간에도 가 봤지요."

"대통령으로서 해야 할 일이 많은데, 농지개혁을 했고, 의무교육도 시행했지만 개혁이 그것으로 다가 아닌 거요."

"또 뭔데요?"

"상업인 거요."

"상업도 인간차별을 없애자는 거지요?"

프란체스카 말이다.

"의무교육과 농지개혁만으로는 안 되는 게 상업인 거요."

"사농공상 따지기는 한국만이 아니었잖아요."

"선진국이라고 하는 미국도 그랬어요. 미국은 살기 좋은 나라라고 말하지만, 속을 들여다보면 우리 한국만 못 한 거요. 다만 우리나라가 돈이 없다는 것이 문제지요."

"제가 말하는 것은 그게 아니라 천대받던 유대인들이에요."

"그래요. 내가 알고 있는 유대인 천대는 보호받을 나라가 없는 떠돌이 시절에 있었죠. 물론 미국 초창기 시절이기는 해도요. 그러니까 유대인들에게는 '장사나 해 먹고 살아라!' 그런 거요."

"그런 말 저도 들었는데, 사실이겠지요?"

"사실일 거요."

"그렇기는 하겠네요. 사회 질서로든 국가로서 자리 잡는 초기라."

"미국인들은 유대인들을 천대했지만, 유대인들은 머리가 너무 좋아 장사에 귀재들인 거요. 물론 여건도 좋았겠지만 말이요."

"대부호 록펠러도 유대인이잖아요."

"다들 아는 사람이지만 록펠러는 대부호지요."

"그런데 이 박사께서는 록펠러 만나보셨어요?"

"만나보지는 못했고 말만 들었어요."

"그러셨군요."

"그런데 유대인들은 밥도 같은 식당에서 못 먹을 만큼 천대받다가 장사를 잘해 큰돈까지 만지게 된 거라네요. 큰돈을 만지다 보니 대접받는 신분도 갖고 싶은 거요. 그것이 독일 사람들에게 보이기 시작한 거요. 프란체스카도 잘 알겠지만 말이요."

"저는 조금밖에 몰라요."

"그런 문제를 따지자면 프란체스카도 이민자이지만, 미국은 이민자들이 모여 사는 이민국이잖아요."

"이민국이기는 하지요."

"그런 이민자들 중에 독일인이 제일 많은가 봐요. 그러니 세계 전쟁을 일으킨 히틀러에게 유대인들이 대학살까지 당한 거요."

"대학살까지라니 슬픈 일이네요."

유대인들은 모계 혈통이다. 그래서 아버지가 어느 나라 사람이냐는 상관없다. 때문에 히틀러가 지배하는 독일인이지만 엄마가 유대 혈통이면 히틀러 칼에 죽어야만 했다.

"그래서 생각했지요. 유대인들이 대학살을 당한 이유는 당시 보호해주고 보호받을 국가가 없었다는 거요. 생각을 해보면 우리 민족도 일본으로부터 그랬던 거고."

"정말, 아니네요."

"아니기에 국민은 국가를 지키겠다는 각오여야 해요. 국가는 개인의 자유도 보장해 주니까요."

"자유가 무엇인지는 선교사로부터 배우신 거지요?"

"그렇지요. 당시로는 생소할 수도 있는 자유를 선교사로부터 배운 거지요."

"선교사들은 한국말 잘했어요?"

"유창하게는 못 했어도 알아들을 만큼은 했어요."

"그렇군요."

"그러니까 한글판 성경을 만들고 가르쳤지요. 지방 말만 못 했을 뿐이었어요."

"그렇겠네요."

"정상 국가가 되려면 의무교육도 중요하겠다는 생각을 했어요. 그런 생각을 한성감옥에서부터 했지요. 청년 시절에 말이요."

"이 박사님 아버님을 뵙지를 못해 아쉽지만, 학자라고 하셨던가요?"

"학자까지는 아니고 동네에서는 어른 대접을 받으셨어요."

"그러시군요. 그런데 이 박사님 아버님이 지금도 계신다면 어떤 생각을 하실지 궁금하네요."

프란체스카는 빙긋이 웃으면서 말한다.

"한국 며느리가 아니라서요?"

"그렇지요."

"허허…."

"그것도 있지만 나이도 딸 같잖아요."

"아이고…."

"분위기를 흐리게 할 엉뚱한 말을 해서 미안해요."

"아니요. 그런데 배재학당에 들어가고 싶어할 때 아버지 말씀이 '우리 집안은 유교 집안이다! 그런 줄 알고 공부를 해라!' 하는 기억이 있어요."

"아버님은 그렇고, 어머님은요?"

"어머니요?"

"예. 저도 여자라서요."

"어머니야 아버지 말씀이 가정에서는 곧 법인데 다른 말씀을 하시겠어요."

"아버님 말씀이 법이요?"

"아니, 말을 해놓고 보니 프란체스카도 내 말을 법처럼 여겼던 게 아니요?"

"그건 아니에요."

"부탁한 일이면 곧바로 처리를 해주곤 했잖아요."

"타자 치는 것, 문서 작성 등 말이지요?"

"그것도 있지만 말이요."

"타자기 다루는 것은 제 전공이에요. 상업학교에서 배운 실력 말이에요."

"그렇기는 해도 프란체스카 타자 솜씨는 대단했어요."

"타자를 치는 것도 이젠 못 할 것 같아요."

"그러겠지요. 프란체스카도 이젠 어쩔 수 없이 세월을 보내고 말았는데요."

"타자를 신나게 치던 그때로 시간을 되돌릴 수는 없겠지요?"

"허허, 프란체스카 젊었을 때 타자 치는 모습 다시 보게 동영상이라도 남겨둘 걸 그랬어요."

프란체스카는 문서 작성 등을 마음에 들게 잘도 했다. 그래서 프란체스카는 취향에 맞는 여자였다고 말할 수 있다. 해야 할 일에 있어 큰 도움이 되었기 때문이다.

"아이고, 타자 치는 손이 안 보일 정도인 친구도 있었어요."

"예쁘기도 프란체스카만큼이고요?"

"아니, 의무교육 얘기하시다 말고 엉뚱한 얘기 하시는데, 의무교육 얘기는요."

"의무교육 문제…, 문맹은 곧 천민을 말하는 거요. 그런 천민 대접에서 벗어나게 해주자는 것이 의무교육인 거요. 당시 국민들 중에는 한글만이라도 아는 사람이 전체 인구의 반의반도 못 됐을 거요."
"여자들은 더 심했을까요?"
"부모들은 딸들에게는 공부할 기회조차 안 주었어요."
"왜 그랬을까요?"
"남편을 잘 섬기고, 시부모를 잘 모시는 것이 최대의 덕목이라 그래서요."
"오스트리아 여자들은 그렇게까지는 아닌가요?"
"오스트리아도 전날에는 한국과 같았을 거요. 프란체스카야 전날을 살지 않아서 모르겠지요?"
"저 때는 남녀를 구분을 안 했어요."
"그래요? 오스트리아는 아닐지 몰라도 우리 민족은 남자들은 양반이라고 하고, 여자들은 안 사람이라 했어요. 아직도 그런 말을 쓰지만 말이요. 그러니까 여자를 하대했어요. 모셔야 될 어머니를 생각해서라도 그래서는 안 되는데요."

남자는 양반, 여자는 사람. 이게 뭔가? 문중 조상들 비문에도 여자 이름은 넣지 않았다. 혼인하기 전까지만 불러주었던 임시 이름이기는 해도 말이다. 그런 잘못을 고치겠다는 것이 새로운 정부다. 이상한 말로 들릴지 몰라도 나는 조선이 망한 것을 두고 잘 되었다는 말도 했다. 조선제국(帝國)이 뭔가? 만백성이 임금을 섬겨야 한다는 말 아닌가. 임금이 죽으면 서거라고 해도 높이는 말인데, 승하(昇遐)라는 말로 고쳐 상복 차림은 물론이고 울어 주어야 한다. 인간을 사고파는 짐승 취급까지 했던 미국도 말도 안 되는 '제국'이라는 말은 안 했다.

"바깥양반, 안사람이요?"

"그러니까 여자가 글을 알게 되면 생각이 높아지게 될 거고, 그렇게 되면 친정에 편지도 써 댈 거고, 남편에게 순종하지 않거나 시부모에게 효도도 하지 않을 수 있다는…, 요즘 말로 꼼수라고 할 수 있는 잘못인 거지요."

"내가 소문 없이 이렇게 온 것은 비밀 관계가 있거나 무슨 정당 관계 연락으로 온 것은 도무지 아닙니다. 모든 정당이나 정파가 협동해 한마음 한뜻으로 우리 조선의 완전무결한 독립을 차지하는 것이 내가 원하는 것입니다."

프란체스카는 테이프에 담긴 이승만 대통령 목소리를 들려 드린다.

"아니, 그건 내 목소리잖아요."

"그때가 언제인지 기억하시겠어요?"

"당연히 기억하지요. 귀국 당시 한 말인데요."

"아이고… 들려 드리지 말 걸 그랬네요."

"그걸 어떻게 가지고 있다 지금 들려주는 거요?"

"내가 누구예요. 이 박사님 특별 보좌관 아니에요."

"허허… 그렇기는 해도요."

"이 박사님 정부가 순탄만 하리라는 생각은 안 하셨겠지만, 느닷없이 6·25 전쟁이 다 터지고 그러는 바람에 우리가 부산까지 내려

간 거 아니에요."

"때문에 프란체스카는 마음고생 많았지요?"

"마음고생이 없었다면 거짓말이고, 우리나라가 공산주의 국가에 빼앗기지 않을까 조마조마했어요."

프란체스카 말이다.

"국민들 대다수의 감정이었을 거요."

"그런데 6.25 전쟁 때 김일성이 스탈린 초상을 높이 든 것은 왜였을까요?"

"그거야 생각할 필요도 없이 소련이 함께하고 있다는 것을 보이기 위함이 아니겠어요."

"그랬겠지요. 하나 마나 한 말을 하고 있네요."

"아니에요."

"그런 얘기는 이제 와서 아무것도 아니기는 해도 말이요."

"다른 얘기는 가치가 없을 것 같고 트루먼 미국 대통령에게 편지를 보냈는데, 이 전쟁은 남과 북의 대결이 아닙니다. 이 전쟁은 우리나라의 반을 어쩌다 점거하게 된 소수의 공산주의자와 다수의 한국 시민들 사이의 대결로 봅니다. 라고 썼지요."

"그러셨군요."

"그 얘기를 하자면 김일성은 6·25 전쟁 발발 일 년 전에 부수상 겸 외상인 박헌영 등 여섯 명의 각료와 함께 스탈린을 만나기 위해 모스크바를 방문한 것 같아요."

"그래요?"

"그런데 스탈린은 남침을 쉽게 생각할 수 없다는 말을 한 거요."

“그랬던 것을 이 박사님은 어떻게 아시고요?”

“누가 말해 주어 알게 된 내용이지만, 국가 통치자는 다른 나라의 움직임도 알아야 할 게 아니요.”

“그렇기는 하겠지요.”

“그렇기도 하지만, 내가 누구요. 『저팬 인사이드 아웃』을 봤다면 프란체스카는 이해가 될 게 아니요. 그러니까 스탈린이 아니라 한다고 해서 김일성이 쉽게 물러서겠어요. 그래서 김일성이 스탈린에게 끈질기게 매달린 것이 결과적으로 6·25 전쟁인 거요. 유엔군 개입으로 6.25 전쟁에 실패는 했지만 말이요.”

“6·25 전쟁… 아이고.”

“6·25 전쟁 얘기를 하자면 며칠을 해도 다 못하겠지만, 일단은 그 정도요.”

“그건 그렇고. 저야 딸이기는 해도 공부할 수 있도록 친정아버지가 배려를 해주셨지만 한민족은 아닌 것 아니에요?”

“뭐가 아니요?”

“그러니까 방어 능력을 키우지 않았다는 거지요.”

개인은 윤리 도덕을 말할 수 있어도 국가는 힘의 논리인 것이다. 때문에 전쟁을 방지할 능력을 키우는 것은 상식일 것이다. 상당한 대가를 치른다 해도 말이다. 옛날 십만 양병설 무시가 낳은 일본 침략을 생각해도 합당한 말이다. 십만 군대 조직은 상대국과 맞설 무기를 가져야 해서 양반이라는 제도도 파기되는 수준이었겠지만 말이다.

"프란체스카 말 맞아요. 방어 능력 키워야지요. 그렇지만 신생 국가나 다름 아닌데 당장 어떻게 하겠어요. 생각조차 못 한 거요."

"아니요."

"얘기가 다른 방향으로 흘러가는데, 경제적으로 뒷바라지가 될 형편들은 공부를 하게 했어요. 생활 형편이 넉넉하지 않은 사람들은 딸에게 공부할 기회조차도 안 주었어요."

"공부할 기회조차 주질 않았다면, 딸인 것이 많이 억울했겠네요."

프란체스카 말이다.

"사회적 분위기가 그랬으니 억울한 지도 모르고 그냥 살아오신 어머니들이 생각이 나네요."

"그래요."

"그건 그렇고, 이 박사께서는 백범 김구와는 좋은 관계가 아니었어요?"

"좋은 관계는 못 됐지요."

"정치적 문제 때문에요?"

"정치적 문제지요. 그러나 인간적 관계는 좋았어요."

"인간관계를 말함이 아니에요."

"그래요, 백범 김구와 나는 전혀 아니었는데도, 보는 측에서는 다른 관계로 본 것 같아요."

"그래요?"

"그렇게 말하는 것은 상해 임시정부 대통령 때를 생각할 수 있는데, 대통령이면 정부 일도 해야지 미국에만 있으면서 얼굴조차도 내밀지 않는 사람을 대통령이라고 할 수 있겠느냐면서 탄핵하자고 모두들 떠들어 대도, 김구만은 그럴만한 사정이 있어서일 테니 탄핵은 안 된다고 막으려 한 것 같아요."

"이 박사님은 김구를 좋게만 생각하세요?"

"좋게는 아니나 김구를 인정해요. 김구는 나와 한 살밖에 차이가 안 나는 데도 꼭 형님이라고 했어요."

"그건 인간적 관계에서 하는 말이잖아요."

"그래요. 인간적 관계지요. 그렇지만 정치적으로 앞장서는 사람끼리는 생각이 같을 수가 없어요."

"그렇다 해도 이 박사님께서 이미 단독 정부를 선포했다면 인정하는 것이 맞을 건데, 단독 정부는 절대로 안 된다고 했잖아요."

"그렇기는 했지요."

"김구는 '독립만 되면 정부의 뜰을 쓸며 문지기가 되겠다.'고도 했다면서요."

"그건 진짜 하겠다가 아닐 거요. 독립을 원한다는 말이었겠지요."

"그렇기는 하겠네요."

"그런 문제에 있어 말이지만, 단독 정부는 안 된다고 한 김구의 주장도 일리는 있어요."

"일리가 있다 해도 결과가 중요할 텐데요."

"프란체스카 말 잘했어요. 국가 운영은 성인들이 말하는 도덕 개념이 아닌 거요."

"그거는 저도 인정해요."

"말하지만 통치자는 나라를 살리느냐, 그렇지 못하느냐의 책임자인 거요."

"그렇기는 하지요."

"때문에 우리 민족이 힘 있는 미국 편에 서야 하는 거요."

"그래서 이 박사님께서는 한미동맹을 맺으신 거네요?"

"그렇지요."

6·25 전쟁이 끝날 즈음 미국이 서서히 철수하려고 할 때, 이승만 대통령은 한미동맹을 주장한다. 그러나 미국은 미지근한 태도를 보인다. 이승만 대통령으로서는 예상한 바이지만 한미동맹을 안 해주면 북침을 할 것이라고 했다. 그런 말이 고집불통으로 소문난 이승만 대통령의 엄포만은 아니었다. 소련이 남침을 하게 되는 날엔 세계 질서의 패권이 움직이는데, 미국으로서는 강 건너 불구경하듯만 하고 있겠는가. 어차피 개입할 수밖에 없을 것으로 보고 한미동맹에 도장을 찍었을 것이다. 이것이 한미동맹으로, 지금까지도 유지되고 있는 것이다. 국가적으로 뼈아픈 일이기도 한 월남 파병도 한미동맹 차원에서 지원한 일인 것이다.

만약 이승만 대통령이 한미동맹을 무시했다면, 대한민국은 이미 자유 민주주의 국가가 아닐 것이다. 한반도의 국토 사정으로 보면 공산주의 국가가 되어야 한다는데, 남침이 다시 일어나지 않는다는 보장이 없었다. 그러나 남침이 있다고 해도 유엔의 허락 없이 유엔군의 재투입이 가능하겠는가.

"김구는 민족 독립이면 다 된다는 생각은 아니었을 텐데요."

"그렇지만 김구는 그동안 독립운동을 하면서 남북이 갈라질 것이라는 생각은 못 했을 거요. 물론 나도 마찬가지였지만 말이요."

"그러나 미국과 소련의 이해관계에 의해 남북이 갈라졌잖아요."

"때문에 김구는 김일성을 만나러 간 거요."

"김일성을 만나러 간 것은 북한 정부를 인정한 거잖아요."

"프란체스카가 말한 대로 북한 정부를 인정한 거지요."

국가를 운영하는 통치자로서 국제 정세가 어떻게 움직여지고 있을지 문맹이어서야 되겠는가.

"그랬으면 '남북이 갈라질 수밖에 없겠구나.' 해야 했을 할 건데 아니었네요."

"미안하지만 김구는 창피만 당한 것 같아요."

"창피요?"

"김구는 김규식과 평양에 간 거요. 가서 거리를 보니 '이승만, 김구를 타도하자!'는 구호가 거리마다 내걸린 거요."

"김구 일행이 놀라기도 했겠는데요."

"놀라기까지는 몰라도 뭐가 잘못되고 있구나. 그런 생각은 했지 않았겠어요."

"그랬겠네요."

"김구는 국제 정세를 너무 몰랐어요."

"그러니까 공산주의 사상 말이에요?"

"그렇지요. 뜻이 있어서 북한에 간 건데 그냥 되돌아올 수는 없어 북한 측 안내자가 인도해 주는 남북협력 연석 회의 석상에 오릅니다. 단상에 오르는데 미리 알고는 있었지만, 막내아들 같은 나이의 김일성이 소개를 하게 됩니다. '독립운동 선배이신 백범 김구께서 이렇게 오셨으니 환영 박수부터 입니다.' 했다는 거요."

"그런 박수이지만 분위기는 아니라는 생각을 했을 건데요."

"알았을 테지만 그냥 되돌아올 수는 없어, '남쪽 단독 정부는 반댑니다. 남한 단독 정부도 반대지만 북쪽 단독 정부도 반댑니다. 그래서 말씀드리는데, 우리는 무슨 일이 있어도 하나의 정부가 되자는 것이 저의 소신입니다.'라고 했고, 장내는 바늘 떨어지는 소리까지 들릴 정도였겠지요. 그것을 본 김구의 아들 김신은 차라리 오지나 말 걸 했다는 거요."

"백범 김구가 그럴 것이라는 걸 몰랐을까요?"

"거기까지 알 수는 없어도 북한은 이미 공산주의 국가에 편입된 거요."

"그래요?"

"생각할 필요도 없이 북한은 공산 국가로 편입이 옳은 거요. 지정학적으로 봐도요."

"그걸 백범 김구는 몰랐다는 거 아니에요."

"몰랐으니까 남한 단독 정부는 안 된다고 반대했겠지요."

"남한 단독 정부는 반대했지만, 평양에 다녀와서는 생각이 바뀌어야 할 건데요?"

"그러게요."

"김구도 통치자가 꿈이었겠지요?"

"아니라고 말할 수는 없을 거요. 그러나 백범 아들 김신이 인정하는 단독 정부 아니요."

"그렇기는 하네요."

"그러나 백범 김구는 사람을 휘어잡는 위력이 있어요."

"국가를 운영하려면 사람을 휘어잡는 것만으로는 부족하잖아요?"
"그거야 당연하지요."

그런 문제에 있어 국가 지도자는 국제 정세가 어떻게 움직일지 나름 꿰고 있어야 한다. 그런 능력을 키우기 위한 공부는 아니나 공부를 하다 보니 우리나라가 보인 것이다. 그렇지만 백범 김구는 국제적 공부는 없고, 오로지 독립운동에만 매진했다. 백범 김구는 백성들 심리도 각기 다르다는 것을 짐작이나 하고 있었는지 모르겠다. 한 예로 제주 4·3 사건을 보자, 제주 4·3 사건은 공산주의자들이 수십 곳의 경찰서를 동시에 급습한 사태다. 날벼락 같은 사태를 이승만 정부가 수습하는 데 어려움이 많았다. 이런 사태를 두고 좌파 대통령은 제주 4·3 사건은 학살이라고 말한다. 제주 4·3 사건의 원인 제공자들 소행은 단 한마디도 않고 있다, 어떻든 이 비극적 사건을 이승만 정부가 아니고 김구 정부였다면 말로서만 진압했을까? 김구 성격으로 봐, '우리 그러지 맙시다.'는 달래는 말로 진압이 되었을까?

"사람을 휘어잡는 위력이 있다 해도 국가를 통치하는 것과는 다르지요?"
"당연히 다르지요. 그런 말까지 하는 걸 보니 프란체스카도 대통령 한번 해볼 만 하네요. 기회가 주어지면 말이요."
"아이고…."
"어떻든 국가를 운영하려면 일반적 생각으로는 안 돼요."

"김일성도 그랬지요?"

"내가 북한 통치자였다면 6·25 전쟁을 일으키지는 못했을 거요."

"그건 왜요?"

"젊은이들만의 용감무쌍한 패기라고 할까 그런 것이 부족하기 때문이지요."

"나는 여자라 젊은이들만의 용감무쌍한 패기는 잘 모르나, 6·25 전쟁까지 인간을 소모품쯤으로 여겼다는 건 슬프네요."

프란체스카는 이승만 박사에게 말을 자꾸 시킨다. 말을 많이 하는 것이 건강에 도움이 된다는 의사의 말을 듣고부터다.

"전쟁은 그래서 무서운 건데, 전쟁을 일으킨 인물들을 보면 다 젊은이들이잖아요."

"패기가 넘치는 젊음과 나이를 먹은 입장과는 다르겠지요."

"전쟁을 일으킨 인물들 나이를 보면 모두가 패기 넘치는 사람들이에요."

북한 김일성, 프랑스 나폴레옹, 독일 히틀러, 이탈리아 무솔리니가 그런 인물들이다.

"말씀을 듣고 보니 그러네요."

"그리고 말이요. 김일성이 남침을 하는 바람에 제3차 전쟁이 벌어질 뻔했어요."

"그러면 남북통일 문제는 생각지도 말아야 할까요?"

"그럴 수는 없지요. 그렇지만 북한 체제를 동경하는 세력들 때문에 박정희 대통령은 힘들지 않을까 해요."

"이 박사님께서 지금까지도 통치를 하신다면은요?"

"통치를 지금도요?"

"그렇지요."

"자리에 있을 때와 이렇게 내려와 있을 때의 구상은 달라요."

"그렇기는 하겠지요."

프란체스카는 얘기를 계속하게 한다.

"이번에는 다른 얘기할게요."

"프란체스카는 또 할 얘기가 있어요?"

"그렇지요. 북한 탁아소 얘긴데 탁아소는 통치적 계산이라고 해서요."

"당연히 통치적 계산이지요. 애를 키우기는 정신적으로 시간적으로 힘들 테니 국가에서 무료로 키워주겠다는 명분이지만 말이요."

"그러니까 김일성을 우상으로 만들기 위해서요?"

"그게 맞을 거요. 어린이가 말 배울 때 무슨 말부터 하게 되지요?"

"그거야, 한국은 엄마 아빠지요."

"그런데도 북한 탁아소는 김일성 원수님 그런 말부터 배우게 한다는 거요. 직접 확인까지는 못했어도요."

"그렇군요. 그리고 아까 얘기하려다 만 일본 패망 얘긴데요. 일본은 미국의 원자폭탄을 정말 몰랐을까요?"

"모르지는 않았을 거요. 도쿄대학 출신 두뇌들이 얼만데요."

"고급 두뇌와 원자폭탄이 무슨 상관인데요?"

"원자폭탄은 너무도 어마어마한 무기라 위협용으로만 가지고 있을 거라는, 그러니까 안일한 생각 말이요."

"어마어마한 원자폭탄이 히로시마에 투하되었음에도 항복할 생각조차도 안 했다면서요."

"원자폭탄을 투하하기 전 얼마 동안은 일반적 공습을 했나 봐요. 그래도 일본군이 아무 반응이 없자 마침내 히로시마에 원자폭탄을 떨어뜨리고 만 거요."

"히로시마는 일본으로서는 요지였겠지요?"

"그렇지요. 전쟁 작전상 그렇겠지만, 히로시마는 살상 무기 등 군수 물자를 만드는 공장 지대였지요."

"그렇겠네요."

"히로시마에 원자폭탄을 투하할 테니 국민들은 다른 곳으로 대피하라는 전단지를 비행기로 수차례 뿌렸나 봐요. 그랬음에도 일본사람들은 그걸 무시했는지 인명 피해가 너무도 컸어요. 나중에 받은 보고를 보면 우리 한민족 사람들도 많았어요."

"히로시마에 투하된 원자폭탄은 항복하라는 메시지 아니에요."

"그렇지요."

히로시마와 나가사키에 떨어진 원폭이 일본의 항복을 얻어냈다. 히로시마와 나가사키 지역은 군사 물자를 만들어내는 공장 지대였다. 미국의 원폭은 군사 물자를 만들어 내는 곳을 부숴버린 것이다.

"엄포만 아닌 항복 하라는 메시지이지요. 그런데도 반응이 없자 3일 후에 나가사키에 또 원자폭탄을 투하한 거요."

"일왕이 그때서야 미국을 인정한 거네요?"

"그렇지요. 크게 한 방도 아닌 두 방을 먹고서야 항복하고 말았는데, 그날이 바로 8월 15일인 거요. 나중에 들은 보고인데 점령국에 있던 일본군들은 거짓말로 여겼고, 국내에 있던 군인들은 할복자살까지도 했다네요. 그걸 보면 일본의 세계 정복 야욕이 얼마나 큰지 알겠어요."

"한민족도 저항 정신이 큰 거 아니에요?"

"우리 한민족의 저항 정신도 대단하지요. 저항 정신이 없었다면 민족을 구하겠다는 독립운동을 했겠어요."

"해방 결과는 원자폭탄이지만 그렇기는 하네요."

"어느 민족이든 국가를 빼앗기지 않으려고 몸부림이라도 치겠지만, 우리 민족도 화랑도 정신이 있어요. 국가를 살리는 것은 정신만 가지고는 안 되겠지만 말이요."

"그렇기는 해도 우리 민족이 이미 일본이 되어 버렸다는데, 독립의 가능성이 전혀 없잖아요."

"독립 가능성이 전혀 없다고 포기까지는 하지 않는 거지요."

"우리는 예수를 믿는 입장이기에 하는 말이지만, 일본 본토에 투하된 원자폭탄은 우리 민족을 구해내겠다는 하나님의 섭리는 아닐까 싶네요."

프란체스카 말이다.

"신앙적으로 보면 그렇게 생각할 수도 있겠지요. 그렇기는 하나 국제 정세상으로 보면 일본이 태평양 전쟁까지 한 것은 무리였어요."

"일본이 태평양 전쟁까지 감행한 이유는 뭘까요?"

"그런 얘기를 하자면 얘기가 너무 길어질 것 같아 못하고, 간단하게 말하면 미국은 세계를 간섭할 정도로 대국인 거요. 그래서 일본이 중국 대륙을 점령한 것을 두고 시비를 걸어올 것은 자명해서 그동안의 전쟁 실력을 써먹자는 거였다고 보면 될 거요."

"그러면 미국의 힘을 빼자는 전쟁인 거네요."

"그렇게 보면 정확할 거요."

"현실적이지 못한 얘기들만 했네요. 김종필 씨가 왔을 때는 우리를 데리러 왔나 했는데, 이렇다 저렇다 말은 없고 돈만 주고 가버렸네요."

고국으로 갈 거라는 기대였는데, 그런 기대가 무시당했다는 프란체스카 말이다.

"말도 없이 그냥 가버린 것은 밉지만, 생각을 해보면 아무리 전직 대통령이라도 걸을 수도 없는 몸으로 고국에 가서 국민들을 보면 추할 것 같다는 생각이네요. 이렇게 누워 있어도 앞으로 살날이 얼마 남지 않았잖아요."

"앞으로 살날이 얼마 남지 않았다는 말씀은 하지 마세요. 싫어요."

사실이다. 남편인 이승만 박사가 세상을 떠나버리고 나면 얘기할 사람조차도 없다. 태어난 고향이야 오스트리아이고 미국인이기는 하다. 그렇지만 그때의 친구들도 몇 명 남지 않았고 그만큼 노인들이다. 해서 같이 지내자고 말할 만한 친구가 없다. 이래서 자식이 있어야 하는 건데, 그마저도 없다. 양자로 세워둔 아들인 이인수가 있어, 양아들인 이인수로부터 도움을 받을 수는 있겠지만 정신적 살붙이는 아니다.

자식을 두지 않으려는 세대들이여! 지금 무슨 말을 하고 있는지 아는가. 자식을 두어 후회하는 사람은 누구도 없다는 말을 하는 것이다.

"하지 말아야 할 말을 했네요."

"아니에요, 괜찮아요. 그런 얘기 그만하고 다른 얘기 좀 들려주세요."

"다른 무슨 얘기요?"

"그러니까 저를 만나기 전 얘기들 말이에요."

프란체스카는 남편 이승만 박사의 눈을 쳐다보면서 말한다. 프란체스카가 이승만 박사를 쳐다보는 것은 수년을 침대에 누워만 계시기는 해도 지난 과거 일을 기억할 정신만은 괜찮은지 알아보기 위해서다. 물론 이승만 박사의 지난 과거 일을 들어야 할 필요까지는 없지만 대화의 끈이라도 놓지 말자는 의미다.

"프란체스카를 만나기 전 얘기들은 있지요. 있기는 해도 그런 얘기들을 이제 와서 한들 무슨 가치가 있겠소."

"가치 없는 얘기들이라고요?"

"그렇지요. 이젠 대통령 자리에서 내려졌고, 내 조국도 아닌 타국 하와이로까지 오게 되었으니 말이요."

"그렇기는 하네요."

"이제 와서 후회한들 무슨 소용이 있겠소마는 사람을 믿었던 것이 잘못이었고, 결국에는 유배라고까지 말하기는 좀 그러나 생각을 해보면 나 때문에 4·19 사건이 일어났고, 그로 인해 가정적으로 국가적으로 귀한 젊은이들 수백 명이 희생되거나 부상을 입게 했네요."

"그렇기는 해도 상당수 국민들은 다른 생각을 하는 것 같은데요."

"다른 생각이 뭔데요?"

"아니요."

"아니기는요. 나도 알아요. 국민들을 위하겠다고 나선 대통령으로 잘못한 것만은 사실인데 아니라고 하겠어요."

이승만 대통령은 본인 잘못 때문에 발생한 4·19 사건에서 부상을 입고 병원에 입원 중인 환자들을 찾아가 손을 붙잡아 주기도 했다. 그러고서 곧바로 국민이 싫다면 대통령에서 하야하겠다고 했는데, 하야 성명서는 다음과 같다.

나는 해방 후 본국에 돌아와서 우리 여러 애국 애족하는 동포들과 더불어 잘 지내왔으니 이제는 세상을 떠나도 한이 없습니다. 그러나 나는 무엇이든지 국민이 원하는 민의에 따라 정치를 하고자 할 것이며, 그렇게 할 것을 결심한 것은 독립운동 때부터 입니다. 보고를 들으면 사랑하는 우리 청소년 학도들을 위시해서 우리 애국 애족하는 동포들이 내게 몇 가지 결심을 요구하고 있다고 하니, 여기에 대해서 내가 아래 말하는 바를 이행할 것입니다. 그래서 한 가지 내가 부탁하고자 하는 바는 이북에서 우리를 침략하려고 공산군이 호시탐탐하게 기다리고 있다는 것입니다. 명심하고 그들에게 기회를 주지 말도록 힘써 주기를 바라는 바입니다.

첫째는 국민이 원하면 대통령직을 사임할 것이며, 둘째는 지난번 정·부통령 선거에 많은 부정이 있었다고 하니 선거를 다시 하도록 지시하였고, 셋째는 선거로 인한 모든 불미스러운 것을 없애기 위하여 이미 리기붕 의장이 공직에서 완전히 물러가겠다고 결정한 것입니다. 넷째는 내가 이미 합의를 해준 것이지만 만일 국민이 원하면 내각책임제를 개헌할 것입니다. 이상은 이번 사태를 당(當)해서 내가 굳게 결심한 바이니 나의 이 뜻을 사랑하는 모든 동포들이 양해해 주어서 이제부터는 다 각각 자기들의 맡은 바를 행해 나가며 다시 질서를 회복시키도록 모든 사람들이 다 힘써 주기를 내가 사랑하는 남녀 애국 동포들에게 간곡히 부탁하는 바입니다.

"사람을 못 믿어도 안 되겠지만, 너무 믿어서는 안 되는데 어떻든 잘못은 내 잘못이네요."

"그런데 말이에요…. 아니다. 그만둘게요."

권총으로 본인은 물론 가족까지 자살한 이강석 얘기라 이승만 박사가 가슴 아파할 것 같아서다.

"할 말 있으면 하세요. 아니다 말고."

"아니에요."

"아니라고만 말고 무슨 말이든 다 합시다."

"그렇기는 한데, 다른 사람도 아닌 강석이 얘기라 그래요."

"강석이요?"

"그만둡시다."

"아니요. 그 녀석 참 별난 녀석이기는 하지요."

"말이 나와서 말인데 자기 아버지 잘못인 것을 알고 그랬지만, 가족들에게도 권총을 사용했다는데 놀랍네요."

"아무리 그렇다 해도 잘못 없는 제 동생까지 그랬다는 것이 납득이 안 가요."

"순간 감정은 아니었을까요?"

프란체스카 말이다.

"그거야 알 수는 없어도 순간 감정은 아니었을 가능성이 높아요."

"왜요?"

"강석이는 프란체스카도 좋아했지만 똑똑한 아이였잖아요."

"똑똑한 거와 상관이 있을까요?"

"그렇기는 하네요."

"그런데 강석이 가족이 그렇게 된 것을 두고 타살이라는 말도 있는가 봐요."

"타살일 것으로 말하는 것은 갓 스물세 살의 청년이 벌인 일이라고는 말도 안 돼서일 거요."

이승만 박사 말이다.

"그래요, 타살은 아닐 거예요."

"어떻든 그런 사건만 없었으면 강석이는 키워 둘만 한 인물로 보이네요."

"프란체스카는 강석이를 어떻게 보고요."

"어려운 사건을 피할 길이 없기는 해도 가족까지 살해할 만한 배포면 말이에요."

"그러니까 강석이가 남자다웠다는 말씀이네요?"
"나는 그렇게 봐요."

"그러면 이 박사께서는 독립운동을 하실 때 배포를 사용하셨나요?"
"그 얘기 한번 할까요?"
"아니요. 얘기하기 힘들어하시는 것 같은데 그만두세요."
"얘기하는 힘은 안 들어요."
"그러시면 점심 차려 올 테니 점심부터 먹고요."

병원에서 제공해 주는 밥도 있지만, 이승만 박사는 프란체스카가 직접 만든 밥을 먹는다. 병원에 수년을 누워 있다 보니 음식을 조리해서 먹을 수 있도록 병원에서는 배려도 해주었다. 이승만 환자는 일반 환자가 아닌, 대한민국 대통령임을 병원 측에서는 처음부터 알고 그렇겠지만 말이다. 어떻든 프란체스카는 소화가 잘될 시래깃국 같은 것을 만들어 먹는다.

"아까 하려던 얘기할게요."
"무슨 얘긴데요."
"이 박사님 청년 시절 새로운 국가를 만들겠다는 생각을 다 했다면서요."
"어림없는 위험한 행동까지 했어요."

이승만은 1899년 1월의 추운 겨울, 기독교로 개종한다. 주자학이 맹위를 떨쳤던 조선 안 양반 가운데 이승만이 최초로 개신교 교인이 된 것이다. 개신교 교인이 된 이승만이 처음 기도한 내용은 “우리의 조국을 구원해 주옵소서. 내 영혼을 구원해 주옵소서.”였다. 그런 기도가 이루어졌는지 얼마 지나지 않아 기적이 일어났다. 이승만이 갇힌 감방 밖에 사람들이 몰려가 이승만을 석방해달라고 간청한 것이다. 이승만은 조선 최고의 천재 인물이니 나라의 장래를 위해 살려 달라고 간청하는 것이었다. 그런 간청이 통했는지 6개월 만에 사형에서 무기징역으로 감형되었으나, 감형만으로는 국가적 손실이니 거듭하여 살려 달라고 한다. 고종 황제는 무기징역을 10년으로 감형하고, 결국 5년 7개월 만에 사형수 이승만이 감옥에서 살아 나오게 된 것이다.

“무서울 게 없는 시절이 청년 시절이지요?”

“무서운 게 없는 시절이요? 그랬을까 모르겠는데 생각을 해보면 이씨 조선이 5백 년 동안을 왕조 시대에서 살아왔어요. 그런 잘못된 틀을 자유 민주주의 시대로 바꿔야 하겠는데 자유 민주주의로 바꾸기란 생각처럼 쉽지가 않아요.”

“지금에 와서 하나 마나 한 얘기일지 몰라도 3선 개헌을 시도하지 않았으면, 모든 국민들에게까지는 아닐지라도 전직 대통령이라는 대접만은 받고 살 건데 그랬어요.”

“3선 개헌이요?”

“3선 개헌이 이 박사님 생각으로 된 일이 아니지요?”

"아니라고 말하기는 대통령을 지낸 입장에서 비겁하다고 말할지 몰라도 당시 정치 상황으로 3선 개헌이 필요했어요."

"그래요?"

"후회는 항상 뒤에 나타나는 일이기는 하나 다음 대통령이 대한민국을 자유 민주주의 국가로 잘 통치해야 할 건데 내가 보기로 그런 인물이 없었어요."

"박정희가 있잖아요."

"박정희요?"

"아니네요. 박정희를 말한 것은 잘못이네요, 그때는 군인이었을 건데요."

"박정희든 아니든 한국 통치자는 논리로 정치를 할 수는 없어요. 심한 말로 칼도 쓸 줄 알아야 해서요."

우리 대한민국은 지정학적으로 공산 국가여야 한다. 모택동은 56개 국가를 하나의 중국으로 만들기 위해 수천만 명을 살상했다고 한다. 이제 모택동이야 옛 인물이 되고 말았지만, 중국 정치가들에게 모택동의 정신은 그대로 이어져 자유 민주주의 국가인 대한민국을 단지 비둘기 눈으로만 보는 것은 아니었다.

"그런데도 많은 국민들은 김구를 민족 지도자로 보지 않았어요?"

"김구를 민족 지도자로요?"

"예."

"김구를 그렇게 보는 것을 잘못이라고 말할 수는 없지만, 국가를 운영하려면 강대국을 요리할 외교 능력도 중요해요. 그래서 말인데 백범 김구의 애국심은 누구보다 강하나 외교력이 좀 부족하다고 보면 돼요."

"그렇기는 하겠네요."

프란체스카는 그렇게 말하면서 가려진 창문 커튼을 올린다. 그것은 한국 쪽 하늘을 늘 보는 이승만 박사를 위해서다. 이승만 박사는 오늘의 대한민국을 있게 장본인이라는 자부심이 크다. 대한민국이 세워질 때는 이미 공산주의 국가가 된 거나 다름없었다. 북한 사정만이 아니었다. 남한 사회 지식인들조차도 그랬다.

"그래서 말인데 국가 운영자가 외교력이 부족해서야 되겠소."

"그러면 백범 김구는 배재학당에 안 다녔어요?"

"배재학당에 안 다녔어요."

"그러면 백범 김구는 신학 공부를 못 했네요?"

"그렇지요. 백범 김구는 신학 공부를 안 했지요. 한문 공부로 과거 급제가 꿈이었나 봐요. 실패했는지, 포기했는지 몰라도요."

실제 김구는 열일곱 살에 과거 시험에 응시했다. 그러나 매관매직, 대리응시 등 부정행위 때문에 과거 시험에 떨어질 수밖에 없었다고 한다.

"그러면 김구 살해 문제는요?"

"살해라는 말은 싫은 말이네요."

"그렇기는 하나 과거 문제라 하는 말이에요."

"그런 문제를 두고 나를 들먹거리는 거지요?"

"국민들은 사실인 것처럼 믿으려 하는 것 같아요."

"그래서는 안 되는데 서운하네요."

"그래요, 서운하시겠지요."

"짐작하기로는 나의 통치를 보호하자는 데 있었지 않았나. 그 정도예요. 그런데도 나를 지목해요."

백범 김구 살해 문제에 있어 이승만 박사를 지목하는 것은 잘못일 수 있다. 그것은 김구 아들 김신 장군의 회고록을 보면 알 수 있다. 김신 장군은 이승만 정권에 호의적이었음을 볼 수 있는데, 공군 참모총장까지 역임했으니 말이다. 주검까지 같이 해야 할 부모와 자식이지 않은가 말이다.

"저도 인정해요. 김구를 살해해서 얻을 것이 무엇이 있겠어요."

프란체스카 말이다,

"프란체스카도 잘 알겠지만, 민주주의 국가의 정치 체제는 반대 세력의 수장이라고 해서 제거하는 일은 없어요. 파벌 때문에 언쟁까지는 있어도요."

"그래요?"

"그렇지요. 어느 나라든 말이에요."

"이 박사님 말씀을 들으니 이해가 되네요."

"백범 김구 생각도 이해가 되기는 해요. 목숨까지 걸고 독립운동을 했는데, 한민족이 들고나 되게 둘로 갈라져서는 안 되지요. 그러나 국제 정세는 백범 김구가 생각하는 것처럼 우리 한민족에게 호의적이지 않았어요. 그것도 있지만, 김일성은 공산 세력과 이미 손을 잡아버린 상태인 거요."

"이 박사께서는 그걸 어떻게 아시고요?"

"그렇다는 정보를 받았어요."

"정보요?"

"구체적 발설만 안 했을 뿐이지요. 그래요, 발설했다 해도 그걸 믿을 김구가 아니기는 해도요."

"그렇기는 해도 김일성을 설득해 볼 생각으로 북한에 간 거지요?"

"그런 말이 나와서 말이지만 국가를 운영하는 통치자는 국제 정세가 어떻게 움직일지도 파악할 수 있는 능력을 키워야 돼요. 물론 공부를 그런 목적으로 한 것은 아니지만 말이요."

"그래요?"

"공부하는 사람마다 생각이 같을 수는 없겠지만, 나는 소년기를 넘어서부터 엉터리 왕조 시대여서는 안 된다고 생각했었던 같아요. 때문에 사형을 당할 뻔도 했지만 말이요."

"이 박사님 고집, 나도 인정해요."

"고집이요?"

"아니에요."

프란체스카 말이다.

"괜찮아요. 그 정도의 말 가지고 화낼 내가 아니잖아요. 프란체스카도 인정하겠지만 말이요. 그건 그렇고, 아까 프란체스카가 말 잘했는데 백범 김구는 그런 공부가 없었어요."

"그렇기는 해도 애국심만은 대단하셨지요?"

"그렇지요. 김구가 애국심이 강한 것은 나도 인정해요. 그러나 애국심 강한 것만으로 국가를 운영할 수는 없어요."

국가 운영자는 칼을 쓸 줄도 알아야 한다. 카리스마 말이다.

"그렇기는 하겠지요."

"프란체스카도 인정하겠지만, 나는 기독교를 암적 존재로 여기는 공산주의와 싸워야만 하는 장로 입장이기도 했어요. 공산주의는 내세관이 없잖아요."

"그렇지요."

"공산주의는 유물론 주의라 인간에게 중요한 베풂이라는 것은 없어요."

"그런 얘기는 저도 배웠어요."

"프란체스카도 알고 있다면, 내가 아는 척하고 말았네요."

"아니에요. 그건 그렇고 반공 포로 석방은요."

"반공 포로 석방 문제요?"

"그렇지요."

"그런데 프란체스카도 반공 포로라는 말 잘 알지 않아요?"

"반공 포로라는 말은 알지만 이유까지는 몰라요."

"6.25 전쟁에서 이기고 질 수 없는 상황이 되자 유엔군 측에서는 휴전을 요구했고, 휴전 상태에서 해결해야 할 일이 복잡한 포로 교환이었어요. 포로 교환 문제로 양측 대표들이 테이블에 앉습니다. 그러나 공산군 측은 포로들이 본국으로 송환되면 처벌받을 것이 두려워서 그랬다고 말합니다만 그렇지 않았어요. 그런 말은 바보들도 보이는 말인데 만들어 낸 말인 거요. 이것이 공산주의자들 심보인 거요."

"그런 심보는 공산주의 정치인들만이 가진 것은 아니잖아요."

"포로수용소의 포로들 심리는 무엇이겠어요. 물어볼 필요도 없이 날마다 집으로 돌아가는 생각뿐 아니겠어요. 집에는 부모와 형제가… 사랑하는 아내가… 자식들이 기다리고 있을 건데 말이요. 공산주의 국가는 그런 기다림도 외면해 버렸지요. 슬퍼지네요."

"사랑하는 아내… 정말 무섭네요."

"무섭지요, 그런데 프란체스카도 잘 알겠지만 북한 정치 체계는 인간을 인간으로 보는 게 아니라 오로지 김일성만을 위해 존재해야 되는 정치 도구인 거요."

"그런 김일성이 오래 살까요?"

"몇 살까지요?"

"백 살까지 말이에요."

"백 살까지요?"

"건강은 어떤지 몰라도요."

"그거야 하나님께 여쭤봐야지 않을까요? 인간이면 말할 필요도 없이 도덕과 자유를 향유하며 살아가야 할 것은 당연하지만, 북한에서 도덕과 자유는 김일성 통치 체제를 부정하는 일인 거요."

"그런 통치 체제를 바꿀 수는 없겠지만 끝은 있겠지요?"

"끝이요?"

"아니요. '한 번 죽는 것은 사람에게 정하신 것이요. 그 후에는 심판이 있으리니' 그 말씀이 생각나서요."

"그래요. 그런 성경 말씀이 아니어도 언젠가는 끝이 나겠지요. 그러나 백 년 안에는 어렵다고 봐요."

"어떻게 보시고요."

"공산주의 국가가 자유 민주주의 국가로 바뀌어야 할 건데 그렇게 되기까지는 경제적으로 완전히 쪼그라들어야 가능할 거요."

"그렇게까지요?"

"그러니까 생존권을 위해 탈출하는 인구가 너무도 많아 통치 유지를 도저히 할 수가 없어야 그때서야 끝이겠지요."

"공산주의 국가가 경제적으로 쪼그라들기는 할까요?"

"쪼그라들 가능성은 충분해요."

"어떻게 보시고요?"

"누구든 발전하려면 생각을 펼 수 있는 자유가 있어야 할 것은 말할 필요가 없잖아요. 그래서 말인데 공산주의 국가는 정치 체제상 자유를 막자는 거예요. 그러니까 해보라고 해야 할 것을 하지 말라는 체제인 거요. 프란체스카도 잘 알고 있겠지만 말이요."

"그건 저도 인정해요."

"발명자들을 보세요. 공산주의 국가에는 없잖아요."

"그런가요?"

프란체스카는 고개를 갸우뚱하면서 말한다.

"그러니까 실패하더라도 해보라는 자유로운 분위기 속에서 만들어 내는 것이 발명인 거요."

"그렇겠네요."

"말이 나와서 말인데, 북한 주민들은 통치자를 위해 살아갑니다. 프란체스카도 슬퍼하고 있지만 말이요."

부모덕에 높은 학교를 다닌 지식인들 중에 '북한은 탁아소가 잘 되어 있다.'고 말하는 사람들이 있다. 정말 딱한 사람들이다. 물론 속마음까지는 아닐 것으로 믿고 싶지만, 칭찬할 일이 아님을 알아야 할 것이다. 탁아소는 통제 목적이기 때문이다. 북한은 지옥 국가이라고 말해도 될 것이다. 솔방울을 던지니 수류탄이 되고, 김정일이 태어날 때 번개가 없는 겨울임에도 우레가 백두산을 흔들었다는 등… 허무맹랑한 말을 교과서에 담아 가르친다고 하니 말이다. 이런저런 일로 소란스럽기는 해도 소란스러운 국가에서 사는 것을 복으로 알아야 할 것이다. 공산주의 국가 사람들이 민주주의 국가로 도망치려는 이유 말이다.

"그래요."

프란체스카는 물수건으로 열변을 토하는 이승만 박사의 얼굴을 닦는다.

"6·25 전쟁은 생각하기도 싫지만, 상당수 포로병들은 장가도 들어 사랑하는 자식도 있을 건데 그런 포로들에게 반공 포로라는 말은 맞지 않는 말인 거요."

"그렇겠네요."

"그러나 유엔이 보는 상황으로는 포로 교환이 어렵게 된 거요. 포로 교환이 무산됐다는 것을 알게 된 포로병들 마음은 어떻겠어요."

"기대했을 건데…."

프란체스카는 혼잣말처럼 한다.

"그동안 잘 먹던 밥도, 잘 자던 잠도 이젠 전날인 거요. 그런 마음들을 위로하는 차원이기는 해도 그들은 반공 포로가 아닌 거요."

"반공 포로가 아니라고요."

"우리 남한을 침공하려다 붙잡혔다면 반공이라는 말 아니요."

"말씀 맞네요. 그런데 중국군도 있었겠지요?"

"당연히 있었지요. 중국군 막사를 따로 했지만 말이요."

"그랬군요."

"중국은 엄청난 병력을 투입했음에도 유엔군에게 승리하기는 불가능하다는 것을 느낀 거요. 병력 보충과 물자 지원에도 한계가 있었을 거요. 그래서 내심으로 '전쟁을 그만두자' 했을 때 유엔군 측이 휴전을 제안한 거요. 그것을 알고 있는 나는 휴전을 반대한 거요. 프란체스카도 기억하겠지만 수많은 국민들도 내 생각과 같았는지 휴전 반대를 했어요."

"이 박사 말씀을 들으니 그랬겠네요."

"휴전 반대는 했으나 결과적으로는 휴전인 거요."

확인이 안 된 사실이나 하나의 중국을 만든 모택동으로서는 장개석 총통이 세운 팔로군이라는 군대 조직이 두려웠다. 때문에 장개석 군대 조직을 무너뜨리기 위해 무기도 주지 않은 상태로 전쟁터에 투입시킨 것이다. 전쟁터에 무기도 없이 투입시킨 것이 인해전술 아닌가. 그래서 생각이지만 자유 제도하에서 선거로 세워진 통치자가 아니면 인간을 쓰레기로 여길 공산이 크다 하겠다.

정전협정서

63. 제12항을 제외한 본 정전협정의 일체 규정은 1953년 7월 27일 2200시부터 효력을 발생한다.

1953년 7월 27일 1000시에 한국 판문점에서 영문, 한국문 및 중국문으로써 작성한다. 이 세가지 글의 각 협정 문본은 동등한 효력을 가진다.

조선인민군 최고사령관
조선민주주의인민공화국원수
김 일 성
김일성

중국인민지원군
사령원
펑 더 화이

국제연합군 총사령관
미국 륙군 대장
마—크 더블유. 클라크
Mark W. Clark

참 석 자

조선인민군 및
중국인민지원군 대표단
수석 대표
조선인민군 대장
남 일

국제연합군 대표단
수석 대표
미국 륙군 중장
윌리암 케이. 해리슨
W K Harrison

"그렇군요."

"포로병들은 치열했던 전쟁 상황에서 살아남기는 했으나, 포로 교환이 무산되었다는 소식인 거요. 그래서 집으로 되돌아갈 수는 없고 한국에 눌러살 수밖에 없게 된 거요. 그래서 말이지만, 포로 교환을 기다렸던 포로병들은 어떤 생각이겠어요. 자살할 수는 없으나 기가 막힐 일이 아니요. 그래서 정부에서는 말이라도 대접하자는 게 반공 포로인 거요."

"그러니까, 인민군이라는 말을 하지 말라는 거 아니에요?"

"그렇지요. 포로병들로서는 반공 포로라는 말도 싫을 거요.."

"단연히 싫겠지요."

"전제된 사정상 그럴 수는 없었으나 내가 만약 협상 대표였다면 상당한 것을 포기하더라도 포로 교환만은 이루어 냈을 거요."

"아이고…."

"아이고가 아니요. 지금도 속상해요."

"아팠던 당시 상황을 되돌릴 수 없게 되고 말았지만, 포로 교환 무산은 말도 안 되네요."

프란체스카 말이다.

"그래서 포로병들은 총이 필요한 상황인 거요. 폭동 말이요. 때문에 포로수용소 관리자들은 걱정이 된다는 보고를 하데요."

"총을 빼앗길 수도 있다는 생각도 했겠네요. 그래서 무기 창고에 두었겠지요?"

"확인 못 했어도 그랬겠지요. 들이기는 해도 폭동들을 우려해 무장 군인들을 세우지 않았어요?"

"무장 군인들을 세우기는 했어도 무너지기 쉬울 수도 있어 긴장했지요."

실탄은 무기 창고에 철저하게 두었고, 무기 창고의 열쇠는 근무자가 지니고 있었겠으나, 악독한 포로병들이 뭉치면 빼앗길 수도 있다. 때문에 관리 책임자가 단속을 했을 테지만 말이다.

"긴장까지요?"

프란체스카는 누워만 있는 이승만 박사를 힘들지 않게 신경을 쓴다. 그렇게 신경을 쓰다가도 궁금한 얘기가 듣고 싶으면 자신도 모르게 얘기를 계속 시킨다.

"긴장했다는 말은 무장 군인으로서 수상한 낌새만 보여도 총살까지 갈 수 있다는 것이요, 폭로들 오십여 명만 뭉쳐도 포로수용소는 걷잡을 수 없는 전쟁터가 될 수 있어요."

"폭로들 오십여 명만 뭉쳐도요?"

"생각을 해봅시다. 포로들에게 물을 것도 없이 순할 수가 없는 처지들 아니요. 그리운 부모 형제 얼굴 보기는 그만두더라도, 전사하지 않고 포로병으로 있다는 소식조차도 차단된 상태인데 말이요."

"말만이라도 겁나네요."

"당시 포로병들 사정을 대통령으로서 보고만 받고 안 봐서 알 수는 없으나, 말 걸기도 어려울 눈들이었을 거요."

하나밖에 없는 생명이다. 생사가 내걸린 전쟁터에 국가를 위해 나가는 사람도 있을까 모르겠다. 어떤 이유로든 국가가 벌인 전쟁인데 어떻게 못 가겠다고 버티겠는가. 때문에 가족들 앞에서 눈물까지 보였을 것은 짐작이 필요 없다. 그러나 다행히 죽지 않고 포로가 되었다는 생각일지는 몰라도, 온통 부모 형제들을 그리워하는 마음일 것인데 아닌 말 한마디 했다가는 포로수용소가 걷잡을 수 없을 만큼의 소동으로 비화될 수도 있는 문제다. 때문에 이승만 대통령이 포로병들을 어떻게 해야 할지 고심했을 것은 짐작이 필요하겠는가.

"공산주의 국가가 그렇게까지 했네요."

"프란체스카도 공산주의 사상을 알고 있겠지만, 나는 자유 민주주의 국가를 세운 입장에서 슬퍼요."

"그러면 포로병 숫자는요?"

"포로병 숫자는 거제소만 해도 작은 도시의 인구만큼이나 된다고 보고를 받았어요. 당시 말이지만요."

"포로병이 그렇게 많았다면 복잡했겠네요."

"거제 포로수용소 관리 사정을 듣기만 했지만, 그 많은 수의 병사들을 밥만 먹이자 해도 쌀이 얼마나 많이 필요했을까 싶어요."

"대형 밥솥이 몇 개나 필요했을까요?"

"밥 짓기는 여자들 담당이라 알 수는 없어도, 가마솥이 100개? 200개? 300개? 정도 필요하지 않을까요?"

"300개 이상도 되지 않을까요?"

"그러게요."

"그런데 군대에서 밥을 짓는 것은 남자들만이지요?"

"프란체스카는 부대를 안 가 봤던가요?"

"안 간 게 아니라, 못 간 거지요."

"부대에 가기는 어렵지 않은데, 가자고 할 걸 미안하네요."

"미안하세요?."

"이미 지나간 일이지만 미안하지요."

"아니에요."

"아니기는 왜 아니겠어요. 그건 그렇고 취사만 담당하는 병사가 따로 있어요."

"그렇군요."

"포로들을 관리하는데 먹을 식량만 해도 얼마일지 프란체스카는 상상이 되나요?"

"상상은 안 되지만 식량은 미국에서 댔지요?"

"그렇지요. 미국에서 다 댄 거지요."

"옥수수가 아니라 쌀이었겠지요?.

"당연히 쌀이지요."

"미국은 옥수수가 쌀보다 더 많아 기르는 짐승의 사료용으로 하기도 한다고요?"

"미국인들은 육류가 주식이라 쌀도 남아돌잖아요."

"그래서 이 박사님은 미국 생활 초창기 시절에 밥은 부족하지 않게 드셨어요?"

"미국 생활 초창기 시절이요?"

"예."

"오랜 기억이기는 하나, 쌀이 남아도는지 생각도 못 했고 보내 주는 독립 자금으로 밥을 먹었기에 배고플 일은 없었어요."

"독립자금으로요?"

프란체스카는 '독립자금으로요?'라는 말을 한 것은 잘못이라는 듯 만질 필요도 없는 물컵까지 만진다.

"아까웠다는 말은 아니지요?"

"아니에요. 말 취소할게요."

"허허, 프란체스카를 미국 생활 초창기 시절에 만났더라면 좋을 뻔했네요."

이승만 박사가 어색해하는 프란체스카를 달래자는 의미로 하는 말이다.

"이 박사님이 웃으시니 실내가 밝아지는 것 같네요."

'그래. 웃을 일이라고는 전혀 없다고 해야 할 것 같다. 이승만 박사는 고국으로 돌아가고 싶어 고국 쪽 하늘만 보시지 않은가. 사람으로 태어나 청년까지의 고향, 한성감옥에서 사형 집행만 기다려야 했지만 고국의 흙냄새만이라도 맡고 싶으실 이승만 박사, 한성감옥을 탈출하려다 결국은 붙잡히기도 하셨다는 고향. 그런 고향에서 정치적으로 잘못했다 해도 이건 너무하지 않은가. 고국으로 돌아간 것을 누구에게도 알릴 필요 없다. 죽어도 고국에서 죽게 했으면.'

"미안해요. 프란체스카에게 웃을 일도 없게 해서."

"웃을 일이 있으려면 손주가 있어야 하잖아요."

"그렇기는 하지요."

"내가 괜한 말을 다 했네요."

"아니요, 손주 얘기까지는 복잡하고 포로들이 먹을 쌀 얘기로 돌아가 쌀은 가공이 필요 없이 물 붓고 끓이면 그만이잖아요."

"그렇기는 하지요."

"그것도 있지만 그동안 먹던 입맛을 고치겠어요. 안 그래요?"

"그렇지요."

"그리고 포로병들 먹이라고 미국에서 보내온 군량미를 쌓아 둘 창고도 턱없이 부족해 야적까지 했는데, 더위에도 온전치 못하고 비에 젖게 된다는 보고도 받았어요."

"그러면 그만큼의 창고를 지으면 될 게 아니에요."

"국가가 돈이 있었다면 곡식 창고를 지을 수도 있었겠지요. 그렇지만 그럴 돈도 없고, 포로수용소 관리는 유엔군 관리 소관이라 보고 받는 것으로 그만이었어요. 그런 얘기 프란체스카에게 안 했던가요?"

"안 하셨어요. 정치적 얘기 들으려고도 안 했지만 말이에요."

"그랬군요. 어떻든 때문에 가난한 사람들은 명절 때나 먹을 수 있는 귀한 쌀을 버리기도 했다네요."

"쌀이 남아돌아 썩을 정도면 포로들 먹이기는 잘했겠네요."

"잘 먹였는지 안 봐서 모르나 앞으로 전쟁만은 없어야 할 건데 말이요."

"그래야겠지요. 그런데요…."

"그런데… 라니요?"

"그러니까 이 박사께서는 포로 석방으로 미국 대통령 아이젠하워를 정치적으로 곤란하게 하셨다면서요."

"그랬지요. 프란체스카는 그것도 궁금해요?"

"말씀하기 힘드실 것 같으면 다음에 들을게요."

프란체스카는 옆에 둔 물컵에다 보리차를 따르면서, '말씀을 너무 많이 하시게 해서 힘드실 텐데.'라는 생각으로 이승만 박사를 바라본다.

"아니요, 괜찮아요. 말할게요."

"말씀을 너무 많이 하시게 하는 것 같아서요."

"괜찮아요."

"괜찮으시면 다행이지만, 물 드릴까요?"

"물 방금 마셨잖아요. 물은 그만두고 프란체스카가 궁금한 게 있으면 다 말해요. 프란체스카와 이렇게 얘기를 나눌 날도 얼마 남지 않은 것 같으니 말이요."

"그런 말씀은 마세요. 싫어요."

"알겠어요."

이승만 박사는 '알겠어요.' 하면서 요양원에서 제공한 프란체스카의 신발을 내려다본다.

"궁금한 것 또 있는데 여쭤봐도 되겠지요?"

"말해보세요."

"포로 석방 얘긴데 한미동맹을 만들어 내자는 고도의 전략이었다고 하셨지요?"

"한미동맹은 대한민국이 이대로 존속할 수 있냐는 중대 조건 중 하나였기에 위험할 수도 있는 포로 석방을 한 거요."

"그렇게까지요?"

"포로병은 거제 포로수용소 말고도 다른 곳에도 있었는데, 보고 받기로는 17만 명이나 된다고 하데요."

"그렇게나 많이요?"

"그렇게 많기 때문에 포로 석방이 될 경우, 포로들은 고향으로 돌아가기 위해 목숨까지 걸지 않을까 걱정했어요."

"목숨을 걸기까지…?"

"사실일 경우 휴전이 무산될 수도 있어요. 그래서 아이젠하워에게 도박을 건 거요."

"이 박사님 도박이 승리했기에 다행이지, 유엔군은 초긴장이었겠네요."

"때문에 미국 정부는 이승만을 제거해야겠다는 생각까지도 했나봐요."

"제거요?"

"다 지난 과거 일인데 프란체스카는 놀라네요?"

"그러기는 해도요."

"아이젠하워는 노르망디 기습 상륙작전에 성공한 장군이었어요. 그런 이력으로 대통령에 도전한 거요. 그래서 말인데 어느 후보든 자기 장점을 말하게 되겠지만, 아이젠하워도 자기 장점과 공약을 말했는데 그런 얘기를 하자면 다음과 같아요."

존경하는 유권자 여러분, 우리 미국 국가를 힘차게 이끌고 나아가야 될 젊은이들이 안타깝게도 한국 전쟁에서 수천 명 희생되었습니다. 이것은 분명한 대통령이 없어서입니다. 이 전쟁으로 미국 가정은 물론 국가적으로도 대손실입니다. 그래서 말씀드리지만, 지금은 휴

전이기는 하나 전쟁 종식이 아니기에 주한 미군이 또 희생될지도 몰라 대통령 후보자로서 걱정입니다. 그래서 저 아이젠하워는 국민들도 알고 계시겠지만 군대를 지휘했던 경험을 살려 이런 안타까운 일이 다시는 없게 할 겁니다.

존경하는 유권자 여러분, 그래서 이 아이젠하워를 대통령으로 꼭 당선 시켜 주십시오. 아이젠하워를 대통령으로 당선 시켜 주시면 미국 돈을 퍼부었음에도 지지부진한 한국 전쟁을 조속히 끝낼 것을 약속드립니다. 우리 미군 철수를 위한 조치로 한국 정부에 촉구할 겁니다. 군 병력을 50만 명 이상으로 확대하도록 말입니다. 그래서 한국에 있는 협상단에게 빠른 시일 내에 적과 합의점을 찾도록 지시하여 휴전 협정을 체결할 것입니다. 그렇게 함으로써 한국 전쟁을 끝낼 것을 약속드립니다.

"아이젠하워는 이 연설로 유권자들의 마음을 사로잡아 미국 대통령에 당선된 거요."

"그랬었군요."

"프란체스카는 아이젠하워의 공약 사항이 무엇인지 이제 알겠지요."

"아직도 모르겠는데요."

"아이젠하워는 국민들이 혹할 공약으로 미국 대통령에 당선된 겁니다. 그래서 아이젠하워 공약을 무산시키 위해 포로를 풀어준 거요. 나는 그런 작전을 폈지만, 소련과 중국으로서는 아이젠하워가 미국 대통령으로 당선된 것이 잘 되었다 했을 것은 짐작이 필요 있겠어요. 그때 포로를 석방한 것은 그런 이유였어요. 그러니까 아이젠하워 생각은 소련, 중국 통치자를 만나 '우리가 소득도 없는 전쟁만 하느라 얻은 것이라고는 그 무엇도 없고, 잃은 것들뿐입니다. 그래서 제안합니다. 다시 전쟁은 없는 것입니다.', '아이젠하워 제안 환영합니다. 대신에 미군 철수입니다.', '미군 철수는 당연합니다.', '미군 철수는 사실이지요?', '제가 제안한 문젠데 안 믿어지세요?' 그렇게 될 생각이 들어 포로 석방을 한 거요."

"그래요?"

"통치자는 그런 정도의 예상은 상식인 거요."

"상식이라고요?"

"또 국가 운영자는 상식에 묶여 있어서는 안돼요."

"그러면 아이젠하워는 상식이 부족한 대통령인 건가요?"

"상식이라는 말은 잘못이고 내 고도의 전략에 말려든 거요."

1953년 6월 18일은 이승만 대통령의 명령으로 국군이 유엔군이 관리하던 반공 포로들을 석방한 날이다. 이것으로 휴전 회담 중이던 미국을 압박한다. 이 조치에 놀란 아이젠하워 미국 대통령과의 처절한 결투를 통해 한미 방위조약을 이끌어 낸 벼랑 끝 전술이었다.

"대통령이 평민의 생각과 같을 수 없기는 하겠지요. 이 박사님 고생하셨어요."

"고생이야 당연하지만, 지피지기라는 말이 생각나요."

"그래요?"

"그런 말이 해당될지 몰라도 장수는 적의 허를 찔러 무찌르는 능력자라야 한다지 않소."

"그 말씀을 들으니 나폴레옹 전법 책을 본 기억이 나네요."

"그래요?"

"나폴레옹 전쟁 중 일화인데요. 지키고 있을 것을 예상하고 시간이 걸리더라도 반대쪽으로 가 무찔렀다는 그런 얘기요."

"그런 얘기는 나도 알고 있어요."

나폴레옹 역시 국민과 군대의 믿음을 바탕으로 리더가 되었지만 그 리더십의 지속이 실패했다. 역사가들은 나폴레옹 멸망의 기록에서 그 단초를 찾는다. 그것은 독선과 아집이다. 나폴레옹 역시 리더가 흔히 범하는 실수의 덫에서 벗어나지 못했다. 그는 국민과 군대와 직접 소통하는 형식의 통치를 통해 중간 관리자, 후계자 양성에 실패했다. 완벽한 리더십을 가졌던 나폴레옹은 완벽한 참모의 존재에 대한 필요성을 느끼지 못했다. 혼자서 생각하고 결정하는 그의 리더십이 독선과 아집으로 변질되는 데는 그리 긴 시간이 필요치 않았다. 그것은 나폴레옹 개인적인 실패와 함께 18세기 새롭게 일어난 유럽에서의 혁명의 불길을 꺼지게 했다. 나폴레옹 패망 이후 유럽과 프랑스는 반동의 시대로 돌아갔다. 왕정이 복귀되고 봉건적 통치로 유지되는 이른바 '빈 체제'[4]가 된 것이다.

---

4) 1814년 빈 회의에 의해 성립한 정치 체제. 메테르니히의 주도하에 신성동맹(神聖同盟)과 사국동맹(四國同盟)을 바탕으로 자유주의와 민족주의 운동을 탄압하면서 유럽의 현상 유지를 꾀한 국제적 보수(保守) 반동 체제.

"포로 석방을 한 것은 그래서네요?"

"그렇지요. 나는 북침을 감행할 각오로 승부수를 던진 건데, 미군 철수가 안 된 상황에서 북침을 감행하게 되면 어떻게 되겠어요."

"전쟁이요?"

"미국은 또 전쟁을 해야 된다는 복잡한 문제가 생기는 거요."

"그러시면 엄포만이 아니었다는 거네요?"

"내심은 엄포지요."

"아이젠하워가 엄포로 알아들었으면 실패작인데요."

"아니요. 사실일 수도 있어요. 사실일 경우 소련이나 중국은 통일의 기회로 알 건데, 그렇게 되면 미국으로서는 복잡하게 되어 있었어요. 그러니까 유엔군에 참여한 국가들에게 할 말이 없어지게 되는 거요. 그런 점을 나는 노린 거요."

"그런데 미군 철수와 포로 석방과는 무슨 상관이 있어요?"

"포로들이 어떤 사람들이요, 개인적으로 의도하지 않았더라도 말할 것도 없이 우리 남한을 뒤엎을 목적으로 온 북한 군인들이잖아요. 그러기에 포로가 석방된 상태에서 미군이 철수를 하게 될 경우 대한민국이 어떻게 되겠어요."

"그날로 김일성을 섬기게 될 건데 무섭네요."

"어떻든 당시 사정으로 전쟁은 불가피할 거잖아요. 그러니까 포로 석방은 미군 철수를 막자는 작전인 거요."

"이 박사님이 그러셨던 일을 국민들은 알까요?"

"왜 모르겠어요. 일반 국민들이야 모르겠지만 말이요."

이승만 박사는 그렇게 말하면서 어머니의 상징인 참빗을 또 만지

작거린다.

“어머님 참빗, 이리 줘 보세요.”

“왜요?”

“깨끗하게 닦아드릴게요.”

“아니요. 깨끗하게 닦을 필요 없어요. 그냥 두어요.”

깨끗하게 닦을 필요가 없다는 것은 어머니 냄새가 그리워서일 것이다.

“알겠어요. 그러면 나 밖에 좀 나갔다 올게요.”

“그래요. 나갔다 와요.”

“그런데 화장실은 어떠세요.”

“소변은 금방 봤잖아요.”

“알겠어요. 그러면 다녀올게요.”

프란체스카는 이승만 박사의 보호자면서 간호사다. 물론 보조 간호사이지만 말이다. 보조 간호사가 된 것은 이승만 박사를 위하자는 요양원 설립자의 배려이기는 하나, 남편인 이승만 박사를 오래도록 지키다 보니 너무 지루하기 때문일 것이다. 때문에 프란체스카는 시장 구경이라도 하고 싶은 마음에 자리를 떴다. 물론 한 시간이 넘지 않을 것이다.

이승만 박사는 프란체스카가 밖에 나간 사이 기도를 한다.

하나님 아버지. 제 아내 프란체스카가 잠깐 나갔다 오겠다면서 나가네요. 하나님, 제 건강 상태가 어제보다 더 나빠진 느낌입니다. 그

래서 프란체스카가 홀로 될 날이 점점 가까이 다가오는 것 같습니다. 그런데 저도 마찬가지이지만, 프란체스카에게는 후손이 없습니다. 프란체스카는 예쁘기도 했지만 건강도 자랑할 만해서 애기를 낳고 싶으면 펑펑 낳을 수도 있었습니다. 그런 프란체스카였는데 생리적으로 이미 노인이 다 되어버린 저를 만나 오늘에 이르렀습니다. 이렇게 된 것을 두고 잘못이라고 말할 수는 없다 해도 후손이 있어야 할 프란체스카에게 큰 손해를 주었습니다. 되돌릴 수 없는 일이라 어쩌지 못하고 미안할 뿐입니다. 프란체스카는 제가 아니었으면 건강한 남자를 만나 지금쯤은 귀여운 손주들과 복되게 살 것인데 그런 복된 삶을 제가 막아버렸나 싶어 한없는 미안함뿐입니다. 물론 프란체스카를 제가 억지로 끌어들인 것은 아니기는 해도 그렇습니다.

아내 프란체스카 말을 들으면, "우리는 돈도 있는 집으로 아버지 사업을 이어받을 딸이면서 예쁘기까지 한 너에게 젊고 건강한 남자들이 널려 있는데 하필이면 늙은 남자를 좋아하는 거냐."라고 프란체스카의 어머니가 엄청 속상해하시며 눈총까지 주시더라고 말하데요. 그렇지만 프란체스카는 제게 오겠다는 고집을 꺾지 않고 제 아내가 되어 주었습니다. 그렇다면 프란체스카가 친정어머니를 자주 찾아뵙게라도 해주었어야 했는데, 그런 생각조차도 못했네요. 대한민국 대통령이라는 이유이기는 해도요. 어떻든 나이 탓이기는 하나 저의 건강 상태는 활동을 못 함은 말할 것도 없고, 대소변까지도 자유롭지 못한 상태로 누워만 있습니다. 그래서 천국에 갈 날만 기다리고 있는 중입니다.

그래요, 지금은 아니나 얼마 동안은 대한민국 대통령으로 지내기

도 했습니다. 그런 문제에 있어 누구는 저에게 잘못한 대통령이라고 말할지도 모르겠습니다. 그러나 대다수 국민들로부터는 그만큼의 대접도 받고 지냈습니다. 하와이 교민 여러분들로부터요. 이제 바라는 것이 있다면 대한민국은 6·25와 같은 전쟁이 없이 지냈으면 좋겠고, 넉넉한 웃음을 지으며 살아가는 초일류 국가가 되면 좋겠습니다. 그리고 의사들 말대로 고국으로 되돌아가고자 해도 비행기를 탈 수 없을 만큼 건강이 나빠진 것 같습니다. 때문에 살아서 고국 가기는 포기해야 할 것 같습니다. 그러나 욕심일지는 몰라도 제 시신만이라도 고국 땅에 묻히고 싶습니다.

이승만 박사는 그런 마음으로 기도를 드린 후, 다음날 하와이 호놀룰루 마우타네리아 요양원에서 운명을 한다. 이승만 박사가 운명했다는 소식을 들은 하와이 거주민들이 곧 달려온다. 죽어서야 비로소 귀국하게 되었지만, 이승만 박사는 귀국행 비행기에 오른다. 그동안을 지켜주었던 하와이 호놀룰루 마우타네리아 요양원 관계자들과 하와이 거주민들은 이승만 박사가 비행기에 오르는 것을 지켜본다.

프란체스카는 그동안 애써 주어 고맙다는 의미의 손을 흔들고, 끝까지 지켜봐 주었던 관계자들은 머리 숙여 인사들을 한다. 이승만 박사 시신이 실린 비행기는 그동안의 하와이를 뒤로하고 비행한다. 이승만 박사가 운명했다는 소식과 비행기로 운구될 것임이 한국 정부에 미리 연락이 됐다. 한국 중앙 방송국 아나운서는 평소의 낭랑하고 힘찬 목소리와는 달리, 울먹이는 목소리로 중계 방송을 한다.

그것도 장장 두 시간여의 방송을 말이다. 중앙 방송 아나운서의 울먹이는 목소리로 故 이승만 박사에 대한 방송을 듣는 대다수 국민들도 슬프기는 매한가지였을 것이다.

존경하는 국민 여러분!

故 우남 이승만 박사께서는 하와이 공항에서 비행기로 오고 계십니다.

그렇지만 안타깝게도 건강한 몸으로는 아니게 오시는

故 우남 이승만 박사.

빼앗긴 조국을 되찾기 위해 모든 것을 포기하셨던

故 우남 이승만 박사.

국민으로서는 제2 해방과 같은 자유 대한민국을 세우신

故 우남 이승만 박사.

북한이 저지른 남침 전쟁에서도 국가를 지켜내신

故 우남 이승만 박사.

미국 대통령도 아니다 싶어 포기하려던 대한민국을 지켜내신

故 우남 이승만 박사.

북한의 남침 야욕이 있을지도 몰라 한미동맹을 굳건히 맺은

故 우남 이승만 박사.

해방이기는 하나 아사 직전인 국민을 미국 원조로 구해낸

故 우남 이승만 박사.

일본도 인정 안 할 수 없도록 평화선을 그어버리신

故 우남 이승만 박사.

미국 전쟁전문가들도 생각지 못한 진주만 폭격을 예견하신

故 우남 이승만 박사.

시대적이지만 천민으로 살아야만 될 처지들을 건져 주신

故 우남 이승만 박사.

대한민국 대통령을 국민들 손으로 뽑는 제도를 제정하신

故 우남 이승만 박사.

문맹자가 한 사람도 없게 하겠다고 의무교육을 실시하신

故 우남 이승만 박사.

여자들도 남자들처럼 공부할 수 있도록 배려를 해주신

故 우남 이승만 박사.

대한민국이라는 이름만으로도 희망을 갖게 해주신

故 우남 이승만 박사.

어린이들을 앞으로 국가를 짊어질 인물로 여기라고 하신

故 우남 이승만 박사.

젊은이들에게는 꿈을 꿀 수 있도록 제도를 만들어 주신

故 우남 이승만 박사.

노년들에게는 그동안의 주름살이 펴지게 해주신

故 우남 이승만 박사.

국민이면 말할 자유가 있어야 해서 언론 자유를 만드신

故 우남 이승만 박사.

권력을 가진 대통령도 선거를 통해서만 세워지게 하신

故 우남 이승만 박사.

대한민국 국민으로서 자유 하라고 그리도 강조하시던

故 우남 이승만 박사.

새로운 문물을 받아들이자고 청년 시절부터 그리도 외치셨던

故 우남 이승만 박사.

외교가 국가를 유지하는 데 얼마나 중요한지 알라고 하신

故 우남 이승만 박사.

어렵게 얻어진 국가의 주권을 소중히 여겨야 한다고 하신

故 우남 이승만 박사.

국민으로서 도덕적 의무를 소중히 여겨야 한다고 하신

故 우남 이승만 박사.

그렇지만 안타깝게도 운구로서야 비로소 오게 되시는

故 우남 이승만 박사.

대한민국 국민이면 누구든 감사해야 할 故 우남 이승만 박사.

…… 故 우남 이승만 박사.

이승만 박사를 두고 건국의 아버지라고도 말하지만 대한민국이라는 국가가 세워지기까지는 결코 순탄할 수가 없었다. 이승만 단독 정부에 반대 의견을 줄기차게 주장한 김구 선생 등이 바로 그것이다. 어찌 됐든 이승만 박사가 순탄치 못한 정치적 상황을 모두 다 이겨내고 만든 오늘의 대한민국임을 국민들이 몰라서는 안 될 것이다. 오늘의 대한민국이 있기까지는 쉽지 않은 곡절이 있었음이 기록으로 남아 있다.

번영 대통령, 박정희

"박정희 대통령은 신이 내린 대통령이라고 말하고 싶네. 나는…."

남편 오상택 말이다.

"'신이 내려 주신'이라는 말까지는 나는 아닌 것 같다."

"이유는?"

"이유야 반대말을 하다가 고문 등으로 피해를 입은 사람들도 있을 것이기에…."

"그렇기는 하겠지. 그러나 대한민국이라는 큰 틀에서 봐야 할 게 아니냐."

"그러니까 자기는 박정희 대통령이 영웅 대접을 받을 만하다는 거네?"

"내가 할 말 당신이 다 해버리면 안 되는데…."

오늘의 대한민국은 3만 불 시대란다. 그러면 3만 불 시대가 공짜로 와 준 것인가. 그래, 3만 불 시대가 공짜로 생겼다고 말할 국민은 아마 없으리라. 그렇다면 국가를 운영하는 통치자가 만들어 놓은 업적이라는 생각은 안 드는가 말이다. 박정희 대통령을 대한민국 영웅으로 보고 싶은 입장에서 말하자면, 박정희 대통령은 세계 최빈국 국가를 경제 대국으로 만든 대통령이다. 그런 박정희 대통령을 두고 '태어나지 말았어야 할 독재자'라고 말하는 지식인도 있나 본데, 보릿고개 시대를 살아본 입장으로서 이는 매우 부적절한 말이다. 그렇기도 하지만 박정희 대통령 묘에다 쇠말뚝까지 박아버리는 후임 대통령도 있다는데 어안이 벙벙하다. 대한민국은 할 말을 못 하는 국가가 아니라 자기 말을 거침없이 해도 괜찮은 자유 민주주의 국가이기는 하다. 그렇더라도 박정희 대통령 업적에 대한 억지 주장은 아닌 것 같다. 그래, 박정희 대통령 업적에 대해 다 칭찬만 할 수는 없겠으나 대한민국 국민은 영웅으로 평가하는 것이 맞을 것이다.

"시간이 오래됐는데 그만 잡시다."

육영수 여사 말이다.

"자기는 자야겠는데 잠이 안 오네요."

"월남 파병 얘기를 하시던데 그 문제 때문이에요?"

"나도 전쟁을 겪어 본 입장이지만 월남은 전쟁터라…."

"전쟁터면 파병 취소하세요."

"파병 취소하라고요?"

"전쟁터는 곧 죽음을 의미하는 사지잖아요."

군인들 대개가 장가도 안 가 본 젊은이들이다. 그런 젊은이들이 전쟁터에서 죽거나 다치게 된다면 그 원망을 다 어떻게 감당할 건지 걱정이 된다는 말이다.

"그래요, 사지이지요. 그렇지만 미국 대통령 존슨과의 약속은 국가적 약속인 거요. 그래서 약속을 파기할 수도 없어 앞이 캄캄한 거요."

"국가 간의 약속이라도 멀쩡한 젊은이들을 전쟁터로 가게 해서는 안 되는데요."

"그래요. 목숨을 담보로 해야 하는 전쟁터이기는 하지요."

"다치거나 죽을 수도 있는 전쟁터라면 살리는 쪽으로 생각을 해 보세요."

"담배 한 갑만 더 내오시오."

당신 말이 틀리지는 않으나 국가 일에 있어 결정을 내려야 하는 나는 대한민국 대통령이요. 박정희 대통령은 그런 표정이 역력하다.

"담배 그만 피우세요. 다른 날보다 두 배 이상 더 피우시네요."

"알았어요. 한 갑만 더 피울게요."

월남 파병 당시 국가의 경제 사정은 군인들조차도 굶을 지경이었다. 국가 경제 사정이 그렇게 된 것은 그동안의 미국 원조를 케네디 대통령이 하루아침에 중단했기 때문이다. 케네디 대통령이 그렇게 한 이유는 군사 쿠데타를 일으킨 국가를 용납했다가는 미국으로서도 감당하기 어려울 만큼의 도미노 현상이 일 지도 몰라 우리나라를 본보기로 했다는 설이 있다. 당시를 살아 본 세대들은 다들 알겠지만, 우리나라는 미국 원조로 먹고살았다. 그렇게 살다가 원조가 딱 끊기는 바람에 잘 먹어야 할 군인들조차도 굶을 지경이었다. 군복이 너무 낡아 반납하면 새 군복을 입도록 보급해야겠지만 반납

한 군복을 더덕더덕 누빈 반팔, 반바지로 제작한 군복을 다시 주었다. 갈아입을 군복이 없어 입기는 했으나 이게 거지도 아니고, 뭔가 말이다. 그런 모양새로 열 지어 군가를 부르고 걸어가는 우스꽝스런 모습이기도 했다. 이렇게 우스꽝스런 모습을 외국인이 보고 촬영이라도 했다면 어땠을까.

어떻든 월남 파병 문제에 있어 박정희는 대한민국 대통령으로서 고도의 정치력을 발휘하지 않으면 안 될 상황에 처하게 된다.

대한민국 대통령 박정희 각하의 건승을 빕니다. 설명이 필요 없이 대한민국은 우리 미국과는 혈맹국입니다. 그러기에 서로 돕자는 차원에서 조심스럽지만 현재 벌어지고 있는 베트남전에 병력을 요청드립니다. 대신에 만족스럽지는 않겠으나 감사의 의미로 우리 미국은 한국에 필수적인 물건의 수입, 개발 차관, 기술 원조, 그리고 평화 목적의 식량 지원에 돈을 대겠습니다. 한국에 대한 미국 측의 인상이 지금처럼 좋았던 적은 일찍이 없었습니다. 로스토 박사도 한국을 방문하고 돌아와서 '경제 분야에서 큰 발전이 있다.'고 보고했습니다. 그러나 베트남 파병을 받아들이기 어려우시다면 죄송하지만, 주한미군 4분의 3을 베트남전에 투입할 수밖에 없음을 참고로 하시면 합니다. 감사합니다.

- 미국 대통령 존슨

미국 존슨 대통령의 문서를 받아 본 박정희 대통령은 '이게 뭐야, 아무리 미국 대통령이라도 그렇지 그런 식으로 나를 협박을 해? 건방지구먼. 그러나 월남 파병 문제를 거절해서는 대한민국에 주둔하고 있는 미군 4분의 3을 빼내 갈 공산이 매우 높지 않은가. 월남전이 뭔가? 자유 민주주의 지키자는 차원의 미국 전쟁 아닌가. 미국이 만약 월남전에 실패할 경우 미국은 국제무대에서 종이호랑이로 비춰질 수도 있기 때문에 주한 미군 4의 3을 빼다가 월남전에 투입할 것은 분명하다. 그렇게 되면 북한은 옳거니 할 것이고, 존슨 대통령이 말한 원조라는 명목 하의 필수적 물건의 수입, 개발 차관, 기술 원조, 그리고 평화 목적의 식량 지원에 대한 말은 취소될 것이다. 우리 대한민국은 경제적으로 미국의 도움이 아니면 얼마든지 공산 국가의 밥이 될 수가 있다. 우리 대한민국은 지정학적으로 보면 공산 국가인 중국의 영토가 되어야 한다. 살필 것도 없이 6·25 전쟁도 바로 그런 전쟁이었지 않았는가.'라는 생각을 한다.

대일청구권자금

"임자!"

박정희 대통령은 군사 쿠데타로 정권을 잡았다. 그것은 누가 우두머리가 되느냐 쌈박질만 하는 정치가 아니라 우리나라도 보릿고개를 없애고 잘사는 선진국들처럼 만들겠다는 의도에서 비롯한 것이다. 그렇게 하자 해도 문제는 돈이다. 그런 종자돈은 대일청구권자금뿐이라 김종필에게 한번 나서보라고 부른 것이다.

"예."

"임자는 일본 정계에 알 만한 인물이 있을까?"

김종필은 조카사위로 육군사관학교 후배 출신이다. 하고자 한 얘기의 서론을 꺼낸다.

"일본 정계에 아는 인물은 없어요. 그런데 왜요?"

"'왜요?'가 아니라, 임자도 생각하겠지만 '5개년 경제개발'이라는 슬로건을 내걸기는 했지만 돈이 없어서야."

"그러면 어떤 생각이십니까?"

"임자가 일본을 좀 다녀와야 할 것 같아서 하는 말이야."

"예? 제가 일본이요?"

"그렇지. 이승만 정권 때 했던 얘기지만 대일청구권자금을 이참에 받아내자는 거지."

"그런 문제는 저도 알고는 있지만, 국민 여론을 떠보고서 하면 합니다."

"국민 여론을 떠봐?"

"일단은 그렇습니다."

"그걸 다 따지자면 한이 없어."

"그렇기는 해도 제 생각은 그렇습니다."

"틀린 말은 아니나 대일청구권자금 문제는 이참에 매듭지어 버리자고."

대일청구권자금을 받아낸다 해도 국민이 납득할 만큼 받아내기는 불가능하다. 그렇기도 하지만 일본에 대한 안 좋은 국민적 감정이 어마어마하다. 때문에 대통령직을 내려놓아야 할지도 모르는 위험한 일이기도 하다. 그러나 국가를 개조하겠다고 혁명을 한 마당에 무언가를 내놓지 않으면 죽어도 죽은 게 아니다. 역사적으로도 씻지 못할 죄인인 것이다. 대한민국을 부자 나라로 만드는 것은 다음 문제일 수도 있다. 쿠데타만은 막아야 한다는 미국 정치적 구도하에서 박정희가 승부수를 던져야 해서다. 백선엽 장군의 도움으로 풀려나기는 했으나 북한 정치에 가담한 자라고 사형 선고까지 받았던 입장이 아닌가.

"대일청구권자금 문제를 이번에 매듭짓자고요?"

"그러니까 임자 생각은 야당 반응이 좋지 않으면 취소하자는 거 아냐?"

"그게 아니고요. 야당 입맛에 맞게 할 수는 없지만 그리 알라는 사인인 것이지요."

"임자 말도 일리는 있어. 그러면 운만 띄우고 곧 행동으로 들어가자고."

"알겠습니다."

우리나라 금고가 텅 빈 상황에서 경제개발 5개년 계획은 말도 안 된다. 그것을 내가 어찌 모르겠는가. 경제개발 5개년 계획의 실천은 대일청구권자금으로 해야 할 것은 말할 것도 없다. '한번 해봅시다.' 김종필은 각오가 찬 눈빛으로 박정희 대통령을 바라본다.

"임자도 마음이 바쁜 줄 알지만, 난 마음이 너무도 바빠…."

"…."

'그렇기는 합니다. 이것저것 따지다가는 세월만 가지요.'

그런데 액수는 얼마까지로 할 것이며 야당은 또 어떻게 설득할 것인지가 어려운 숙제라는 듯 김종필은 박정희 대통령을 바라본다.

"대일청구권자금을 말하는 것은 일본에 굴욕적이지만 그걸 따지지 말아야겠다는 생각이야. 임자는 무슨 말인지 알겠지?"

"저도 같은 생각입니다."

"임자 생각도 그렇다면 됐어. 됐으니 나서 보자고."

"협상은 해봐야겠지만, 일본도 우리 한국에 두고 온 재산권 문제를 들고나올 건데 그때는 어떻게 하면 좋을까요?"

"그렇기는 하겠지. 그렇지만 이승만 정권 때부터 거론했던 배상금이잖아."

"그렇기는 하지요."

김종필은 대일청구권자금을 받아낼 목적으로 일본 오히라 마사요시 외상과 대화한다.

"국가를 위하겠다는 생각이겠지만, 이렇게까지 오신 김종필 정보부장님의 정신이 참 대단하십니다."

대일청구권자금 협상 파트너 오히라 마사요시 외상 말이다.

"대단하기는요. 국가를 위해 일을 하라고 부름을 받았으면 국가를 위해서는 더 이상도 무겁다 못 할 일인데요."

"그렇기는 하겠지만 말이요."

"국가를 위하겠다고 앞에 나섰다면 죽을 각오를 해야지 않을까요? 오히라 마사요시 상?"

"죽을 각오까지요?"

"예. 죽을 각오요."

"그러면 본론으로 들어가서 한국이 요구하는 금액이 얼마가 적당할지는 따져 봐야겠지만, 우리 일본도 한국 정부에 청구할 요건이 많다는 걸 김종필 부장님은 모르지는 않겠지요?"

"우리 한국 정부에 청구할 요건이란 게 뭔데요?"

"우선 한 가지만 들자면 철도 등 사회적 기반 시설인데 그걸 그냥 두고 왔잖아요."

"철도 등 사회적 기반 시설은 우리 한국을 위해 만든 것이 아닌데, 그런 얘기를 꺼내시면 안 되지요."

"대한민국의 요구가 있다면 우리 일본도 요구를 해야 하는 게 아닌가요?"

"그렇게 되면 협상이 잘 안 될 건데요."

"한국 정부는 그렇게 말할지 몰라도 우리 일본 소유 재산이 엄청나서 하는 말이요."

"그렇게 말하시면 우리 한국의 혼이 담긴 국제급 보물들을 우리의 허락도 무시하고 죄다 가져가 버리셨는데 그것은 어떻게 하고요."

"우리의 얘기가 거기까지 가버리게 되는가요."

"불가능한 요건들을 해결하자고 오히라 마사요시 상과 이렇게 자리를 한 것이 아닙니까. 그래서 말씀인데 만남의 요건만 가지고 얘기합시다."

군인 정신 무장만 튼튼했지 국가적 문제에 있어서는 문외한인데, 정말 어렵다는 김종필의 눈빛이다.

"그렇게 합시다. 그러시면 요구 금액은 어떻게 하면 좋을까요?"

일본 협상 대표 오히라 마사요시 상의 말이다.

"법리적 계산을 하자면 한이 없을 테니, 그런 거 무시하고 7억 불로 했으면 합니다."

김종필 말이다.

"유, 무상은요?"

"그거야 무상이지요.."

"우리 일본 정부의 경제 능력으로는 금액 간극이 너무나 큽니다."

"금액 간극이 크다면 얼마나 큰데요?"

"우리 일본 능력 최대치가 7천만 불이기 때문입니다."

"그건 말도 안 됩니다."

"말이 안 되다니요."

"그러시면 협상을 안 하겠다는 말씀으로 저는 보는데 빈손으로 되돌아갈까요?"

"어떻게 마련한 자린데, 그래서는 곤란하지요."

"그러시면요?"

"이런 문제를 가지고 또 만나기는 아닐 것 같으니 이번에 결론을 내립시다."

"좋습니다. 양국이 이런 문제로만 머물러 있어서는 안 될 테니 말이요."

김종필 말이다.

"제 개인적 생각이지만, 우리 일본이 패망만 하지 않았으면 박정희 대통령은 일본 총리대신 정도의 인물이었을지 모릅니다. 그래서 저는 박정희 대통령을 존경합니다."

"감사하신 말씀입니다."

존경한다는 말이 싫지는 않으나, 대일청구권 문제와는 상관없는 말이다.

"어떻든 오전 시간은 다 됐으니 점심 후에 다시 만나 얘기합시다."

일본 협상 대표 오히라 마사요시 상 말이다.

그렇게 해서 김종필은 박정희 대통령에게 전화를 건다.

"그래, 협상은 잘 되고 있을까?"

"협상이 쉽지 않으리라는 생각은 했지만, 정말 어렵습니다."

"어려우니까 임자를 보낸 거 아니야."

"우리 한국에 두고 간 사회 간접 자본을 다 들고나오고 온갖 구실을 다 대네요."

"협상이란 그래서 어렵지."

"그러면서 일본 정부로서는 7천만 불만 고집하려 드네요."

"그래서 임자는 뭐라고 했고?"

"저는 빈손으로 돌아가라는 거냐고 했지요."

"그랬더니?"

"점심에 다시 얘기하자고 합니다."

"호락호락하지 않으리라는 생각이야 했지만, 따지고 보면 청구 금액이 7억 불이 아니라 20억 불도 적은 데 말이야."

그렇다. 6·25 전쟁도 원인 제공자가 일본이면서 군수 물자를 신나게 팔아 경제특수도 누렸지 않은가. 군수품 중 미군 식량인 씨레이션도 일본에서 만든 것으로 보면 될 것이다. 일본은 못 만드는 것이 없는 사실상 공업국이기 때문이다. 그래서 상표만 미국 제품이지 실상은 일본 제품인 것이다. 미국이 지구 반대편에 있다는 이유도 있겠지만 군수품 운송 선박이 소련 미사일에 폭격당할 위험도 고려했을 것이다. 어떻든 소련과 중국으로서는 일본과의 나쁜 감정이 하늘을 찌르는 상황에서 그것을 알기라도 하는 날엔 유엔군에게 협조를 안 할 수도 있어서다.

"말도 안 되는 금액이지만, 처음은 그렇게 들고나오겠지."

"어렵습니다."

"협상이 어렵지만 이번이 마지막으로 생각하고, 마무리 짓고 와!"

"마무리 짓고 오라고요?"

"내가 얼마까지를 말 안 할 테니, 임자가 알아서 결론을 내버려. 알겠지?"

대일청구권자금 협상 전권을 김종필에게 통째로 주었는데, 청구권 금액은 무상 3억 달러, 장기처리 차관 2억 달러, 민간 신용 제공 3억 달러로 확정됐다. 그런 자금이 우리 한국 경제개발에 종잣돈이 된 것이다.

당시 대일청구권자금이 어떻게 쓰였는지를 살피면 대일청구권으로 받은 돈으로 동남아 국가들은 호텔과 백화점을 짓고, 선박 구입 등 비생산적인 곳에 썼지만, 박정희 대통령은 100년 앞을 내다보는 안목으로 "내 무덤에 침을 뱉으라."며 이승만 정권 때부터로 지지부진하게 끌어오던 한일수교를 단행하여 산업의 쌀이라 일컫는 포항제철공장을 짓고, 고속도로 등 경제 재건을 위한 생산적인 곳에 투자하여, 지금은 조선업, 철강업, 기타 중공업 분야에서 세계 1, 2위로 일본과 경쟁하게 하였다.

당시 야당만이 아니라 여당조차도 그런 금액은 말도 안 된다고 했음을 오늘 대한민국을 사는 사람들은 알아야 할 것이다. '큰돈이고 적은 돈이고 내 손에 쥐어져야 내 돈인 것이지.' 박정희 대통령의 말을 상기할 필요가 있다.

박정희 대통령에 대한 평가가 국민들 생각마다 같을 수는 없겠지만, 박정희 대통령은 우리나라 경제발전에 있어 영웅이다. 조상 대대로 이어진 보릿고개를 없애고 경제발전을 했기 때문이다. 대일청구권자금은 국가 발전에 썼지만 눈물겹다. 일본으로부터 배상금을 받아내기까지의 일을 생각해보면 피해국이 가해국에 쪽박을 내미는 꼴이어서다. 다시 하라면 죽어도 못 할 짓이다. 그러함에도 박정희 대통령은 눈을 딱 감은 것이다. 때문에 학생들은 말이나 되느냐고 들고 일어났고, 그 과정에서 수많은 사람들이 감옥에 가거나 직업을 잃기까지 했다. 일본 배상금은 원래 이승만 시절에도 요구하였단다. 이것을 일본 정부가 액수가 많다고 거절하던 것을 박정희 대통령은 훨씬 적은 금액이지만 받게 된 것이다.

이 돈은 따지고 보면 피해 당사자들에게 주어야 할 돈이다. 그렇지만 주지 않고 전액을 경제개발에 쓰게 된 것이다. 그렇지 않고 필리핀처럼 건물을 짓거나 피해자들에게 나눠줬다면 어떻게 되었겠는가. 박정희 대통령이 국가의 경제발전을 위해 얼마나 애썼는가를 현대를 살아가는 젊은이들은 알아야 할 것이다. 그래, 지식인들은 말할 것이다. 대통령은 국가를 위해야 한다고 말이다. 틀린 말은 아니나, 다른 나라 대통령들도 박정희 대통령처럼 하는가를 봐야 한다. 오늘의 북한 사정까지를 말하기는 좀 그렇지만 당시 '천리마 운동', '새벽별 보기 운동' 등을 독려했지만 지금의 경제 사정은 얼마나 나빠졌는가. 먹을 것조차 해결하지 못하는 통치자를 찬양해야 할지를 생각해보자.

중동 개척

각하께서도 알고 계실 줄로 알지만 우리 사우디아라비아는 일부다처제입니다. 때문에 법적으로는 아내를 네 명까지 둘 수 있습니다. 그러나 저는 통치자로서의 위상을 높여야 해서 아내가 네 명보다는 많습니다. 그래서 개인 집을 지어 주면 어떨까 하여 말씀드리는데, 가능하다면 집을 좀 지어 주셨으면 합니다. 건설 비용은 후하게는 어렵겠지만 서운하게는 안 할 겁니다. 각하의 반가운 소식 기대합니다.

- 파이살 빈 압둘아지드 알사우드 올림

"김 장관!"

박정희는 김재규를 여간 아낀 것이 아닌 것 같다. 나이는 아홉 살이나 차이가 났으나, 육사 2기 동기생에 같은 고향 후배여서인지, 5·16 쿠데타에 가담하지 않았음에도 호남 비료 사장 사단장, 보안사령관, 중정 차장, 국회의원, 건설부 장관, 중정부장까지 승승장구한다.

"예, 각하."

"내가 김 장관을 부른 이유를 혹 알까요?"

"죄송합니다. 각하."

"그래요, 김 장관을 지적하기 위해 부른 것이 아니니, 그렇게 어려워할 것 없어요."

"아, 예. 각하."

"눈을 그렇게 크게 뜰 필요도 없어요."

"죄송합니다. 각하!"

밖에서야 장관으로서 지시도 하지만 누구 앞이라고 감히 조심을 하지 않겠는가. 겉은 아닐지 몰라도 속마음은 덜덜 떨 것이다. 북한 통치자 앞처럼은 아닐지라도 말이다.

"각하 소리도 그만하고."

"아, 예. 각하!"

"각하 소리 말라는 데도 또 그런다."

"아, 예."

무슨 말씀을 하실지는 몰라도 어렵다는 것이 김재규 표정이다.

"재미난 얘기를 하고 싶어서 이렇게 오라고 한 것이니, 편히 앉아요."

"아, 예."

지적당할 얘기는 아니고 재미난 얘기? 일단은 숨은 쉴 것 같기는 하다. 그렇지만 재미난 얘기란 대관절 뭘까? 부름을 받은 김재규 장관 머릿속은 학교에서 배운 수학 공식으로는 해석이 안 될 것 같다는 눈치다.

"참, 이런 얘기를 하려면 마시는 것도 좀 있어야겠다. 여보, 준비된 다과 있으면 내오라고 하세요."

박정희 대통령은 사우디아라비아 국왕이 제안한 건설 얘기를 꺼낸다.

"사우디는 기름 팔아 먹고사는 나라지요?"

"그런 것 같습니다. 각하."

"각하란 말 하지 말라고 했는데, 또 하네."

"조심하겠습니다."

김재규는 머리까지 조아린다.

"그런데 이번에 기름값이 얼마나 올랐지요?"

"기름값이요?."

"그렇지요. 기름값 말이요."

"원유 1배럴당 3달러 2센트에서 3달러 65센트로 인상한다고 사우디 정부에서 발표했습니다."

"그러면 얼마나 오른 건가?"

"오른 것도 오른 것이지만, 뒷돈을 주어야만 해서 그게 문제라면 문제입니다."

석유 거래상에서 뒷돈은 누군가 큰돈을 만질 수 있는 절호의 기회다. 뒷돈은 그 성격상 비밀을 먹고 산다. 당시에 관계했던 인물들 중 어떤 인물은 그때의 뒷돈으로 지금은 강남에 살면서 자식들을 유학까지 보내 박사까지 취득게 했고, 국가 어느 한자리를 꿰차기도 했다는 후문이다.

"기름값 또 오를 가능성도 배제 못 하겠네요?"

"그렇습니다. 각하."

'아이고… 조심한다고 해 놓고.'

김재규는 박정희 대통령 눈치를 본다.

"다름이 아니라 사우디 국왕으로부터 메시지를 받고 하는 말인데, 사우디가 어떤 곳인지 김 장관은 알고 있어요? 물론 매우 더운 나라라고는 알고 있지만 말이요."

"저는 사우디를 못 가보고 갔다 온 사람의 말을 들으면 사람이 살만한 곳은 못 된다고 하네요."

"그러면 건설도 못 할까요?"

박정희 대통령 말이다.

"글쎄요."

"그러면 말이요. 건설 전문가들 몇 명만 불러 줄래요."

김재규 건설부 장관이야 장관으로 발탁되었을 뿐 건설에 대해 무얼 알겠는가. 건설 전문가들 얘기를 들어보고 사우디 국왕이 요청한 건설이 가능한지 가부를 말해야 할 것 같다는 생각으로 박정희 대통령은 말한다.

"건설 전문가라면 현재의 건설업체 사장들 말입니까?"

"건설업체 사장들이요? 그건 아니고, 대학 건축학과 교수들 중에요."

"알겠습니다."

김재규 건설부 장관은 서울대학 건축학과 교수 세 명을 청와대로 데리고 간다.

"어서들 와요. 바쁘실 텐데 오시라고 해서 미안해요."

청와대에 간다고 마누라들이 화장까지 시켰는지 얼굴들이 반질반질하다.

"아닙니다. 괜찮습니다."

박정희 대통령이 하시고자 하는 말씀을 건설부 장관으로부터 듣기는 했으나, 대답을 어떻게 해야 할지 대학교수들은 벌써부터 얼어붙은 표정들이다.

"이렇게 오시라고 한 것은 다름이 아닙니다. 김 장관으로부터 얘기를 들으셨겠지만, 사우디아라비아 건설 문젭니다."

"아, 예. 그런 얘기는 장관님께서 해주셨습니다."

"그래요?"

"그래서 생각을 해보기는 했으나, 어려울 것 같다는 생각뿐입니다."

"사우디아라비아는 열사의 나라라서요?"

"그렇습니다."

"그러면 사우디아라비아에 가보기는 했고요?"

"예, 기회가 주어져 가보기는 했는데 얼굴을 다 가리는 복장이 왜 필요한지를 그때 느꼈습니다."

"그렇군요?"

"햇볕을 가리는 히잡을 두르고도 낮에는 나다니지 못할 정도인가 싶기도 하구요."

나이가 제일 많은 하준수 교수 말이다.

"그렇군요. 그러면 건축은 생각지도 못하겠네요?"

"건설을 하려면 낮에 일을 해야 될 건데요…."

"그러면 사우디 건설 경험 업체도 없겠네요?"

"사우디 건설 경험 업체가 있다는 말, 아직 못 들었습니다."

"그러면 말이요. 사우디 건설 현지에 가서 보고 오실 수는 있을까요?"

"그거는…?"

"그래요, 헛걸음할 폭 잡고 건설을 해야겠다는 생각으로 한번 가보면 해요."

"사우디 현지에 가서요?"

"그렇지요."

"알겠습니다."

그렇게 해서 박정희 대통령은 건설 전문가를 포함해 다섯 명을 선발해 잘 다녀오라는 말까지 하면서 사우디아라비아로 보낸다. 그렇지만 사우디아라비아로 떠난 지 5일 만에 돌아온 건설 전문가들 답변은 실망이다.

"일단은 먼 길 다녀오시느라 수고들 했습니다. 되지도 않을 일을 가지고… 제 착각인 것 같습니다. 미안합니다."

그래, 사우디아라비아 건설은 달콤하지만 건설 전문가들이 안 되겠다는데 어쩌겠는가. 포기해야지만 생각지도 않게 국가적인 가난을 벗어날 수 있는가 했는데 아니라니… 너무도 아쉽다. 박정희 대통령은 사우디아라비아 국왕에게 미안하다는 편지를 쓸까 말까 하다 결국은 편지를 쓴다.

국왕님께서 기대하시는 메시지에 응해 드리지 못해 죄송합니다. 내내 강건하시고 사우디아라비아 국왕님 건강하심과 사우디아라비아 국가가 영원무궁 발전하기를 기원합니다.

- 대한민국 대통령 박정희

"바쁘신 정 사장님을 이렇게 오시라고 한 것은 사우디 국왕이 보낸 건설 문제 때문입니다."

사우디아라비아 국왕에게 쓴 편지에 우표까지 붙이기는 너무도 아쉬워 정주영 사장을 불러서 하는 말이다.

"아, 그러세요. 각하!"

"건설 관련 전문 대학교수들을 사우디 현지로 보내봤는데 건설은 어렵다고 하네요."

"사우디는 사막의 나라라고 해도 될 그런 나라인 것 같습니다."

"그러게요."

"그래서 우리 현대건설도 사우디 진출 생각을 못 하고 있습니다. 각하!"

"그렇지만 정 사장님!.

"예. 각하!"

"사우디 국왕이 보낸 메시지에 아니라고 말하기는 서운한 데가 있어 정 사장님께 말씀드리는데, 시간을 내주실 수 있을까요?"

"제가요?"

"그렇지요."

"시간이야 내면 되겠지만, 사우디 건설 가능성은 긍정적이지 못합니다. 각하."

"건설이 불가능할 것 같다고요?"

"예. 앉아서 하는 생각이지만 그렇습니다."

"그러면, '국왕님 기대 메시지에 응해 드리지 못해 죄송합니다. 내내 강건하시고 사우디아라비아 국왕님 건강하심과 국가가 영원무궁 발전하기를 기원합니다.' 이렇게 편지를 써 놨는데, 우표를 붙여버릴까요?"

"…"

'우표를 붙여버릴까요.'라는 말은 박정희 대통령으로서는 너무도 아쉽다는 의미의 말일 것이다. 박정희 대통령의 속마음을 굳이 들여다보지 않더라도 그는 정상적이지 못한 대통령이다. 그렇지만 그가 보릿고개를 없애겠다고 했다.

"사우디아라비아 국왕의 건설 제안을 받아들이고 싶어서 그런데 정 사장님께서 사우디아라비아로 발걸음을 한번 해주시면 어떨까 합니다."

"아, 예."

"포기할 수밖에 없다는 편지를 이미 써 놓기는 했으나, 우표를 붙이기는 서운한 데가 있어 정 사장님이 사우디아라비아 건설 현장을 다녀오신 후에 우표를 붙이든지 할까 합니다."

"그런데 급하신가요?"

"급할 것까지는 없어도 사우디 국왕이 보낸 메시지가 보름이 다 되어 가네요."

"그러시면 동행할 만한 젊은 공무원 몇 명을 주십시오."

"그러면 몇 명이나 필요할까요?"

"우리 직원들을 데리고 가도 되겠지만, 현장에서 빠지면 일에 차질이 생길지 몰라 그러니 공무원 세 명이면 될 것 같습니다."

"그렇게 하지요."

"정 사장님, 잘 다녀오셨습니까."

사우디아라비아 건설 현장을 다녀온 정주영 사장의 표정이 밝은지 보면서 하는 말이다.

"예, 잘 다녀왔습니다. 각하!"

"수고하셨습니다."

"아닙니다. 당연한 일인데요."

"당연하다 해도 내 일을 뒤로하고 가기는 쉽지 않을 건데요."

"감사합니다. 각하!"

지금에 와서 생각이지만, 박정희 대통령이 현대건설에 확장할 기회를 준 거나 진배없지 않은가.

"아니, 감사라니요. 그게 무슨 말씀이요?"

"각하!"

"예."
"건설이 될 것 같습니다."
"뭐요? 건설이 될 것 같다고요?"

정주영 회장은 곧 돌아와 다시 청와대에 들어가 박정희 대통령을 만났다.
"지성이면 감천이라더니 하늘이 우리나라를 돕는 것 같습니다. 각하!"
"그게 무슨 얘기요?"
"중동은 이 세상에서 건설 공사를 하기에 제일 좋은 지역입니다."
"아니, 그래요!"
"사우디는 비가 오지 않으니, 1년 내내 공사를 할 수 있고요."
"또 뭐요?"
"건설에 필요한 모래, 자갈이 현장에 있으니 자재 조달이 쉽고요."
"비가 오지 않는다면 물은요?"
"그거야 어디서 실어 오면 되고요."
"물을 실어 온다면 어디서요?"
"물은 기름을 싣고 와 비우고 갈 때 유조선에 물을 채워 가는 겁니다."
"물 문제는 그렇다 치고 40도나 된다는 더위는?"
"천막을 치고 낮에는 자고 밤에 일하면 되고요."
"그래요?"
"그러니까 건설 방법을 바꾸면 될 것 같다는 그런 얘깁니다. 각하!"

"되겠다는 말씀 다시 한번 해 보십시오."

"각하께서도 아시는지 모르겠지만, 낮에는 더웠다가도 밤에는 기온이 뚝 떨어져요. 그래서입니다."

"그래요? 일은 낮에 해야 할 건데요?"

"아닙니다. 날이 너무 더우니까 낮에 쉬게 하고 일은 밤에 하겠다는 거지요."

"정 사장님을 다녀오시게 해놓고 잠이 잘 안 오데요. 건설이 어렵겠다는 건설 전문가들 말을 듣고서요."

교과서에 실린 이론만 가지고 대학 강단에서 가르치는 교수들이라니… 대학생들은 그런 엉터리 가르침을 받고 어디다 써먹을 건지 한심하다. 말하지만 생각을 된다는 쪽으로 두게 가르쳐라. 그래, 대통령이라고 해서 대놓고 말하기는 아니지만 말이다.

"그 사람들 교수이기는 하나 건설 현장에서 벽돌 한 장 쌓아본 일이 없을 겁니다. 현장과 이론이 겸비되어야 할 건데요."

"그렇기는 하겠네요."

"그러니까 쉬운 일은 결코 아니나 밤낮을 바꾸면 되는 일인데요. 그렇기도 하지만 건설 골재인 모래는 바로 옆에 있으니 물만 실어 나르면 될 것 같아 건설비용도 덜 들 것 같습니다. 건설비용이 어떻게 책정될 건지는 몰라도요."

"임자~ 여보! 어디 있어요?"

"왜요?"

육 여사는 평소에 없는 부름이라 그렇겠지만 큰 소리로 대답한다.

"바쁘지 않으면 이리 좀 와 봐요."
"그렇게 크게 안 불러도 될 건데 밖에 들리게 불러요?"
"아니, 우리나라도 잘만하면 곧 밥걱정 않고 살 것 같아서요. 육 여사."
"우리나라가 잘만하면 곧 밥걱정은 않고 살 것 같다니요? 그게 무슨 말씀이세요?"
"정 사장님, 방금 하신 말씀 우리 집사람에게 다시 한번 해주실래요?"
"허허. 각하께서는 그렇게도 기쁘세요?"
"어떤 일인데, 안 기뻐요."
"각하께서 사우디 국왕 앞으로 써 놓으신 메시지는 되겠다는 말로 바꿔 보내셔도 되겠습니다. 한번 해보겠습니다."
"정 사장님이 그렇게 해주시면 감사하지요."
육영수 여사 말이다.
"감사는요. 저희 회사가 덕 볼 수도 있는 일이기도 한데요."
"임자, 술 있으면 한잔하게 내오시오!"

'경제개발 5개년 계획'이라는 깃발을 내세우기는 했으나, 아무것도 없는 상태에서 노동력만 남아돌지 않은가. 때문에 독일로 나간 간호사들, 탄광 근로자들을 보면서 얼마나 미안해했는가. 대통령은 무슨 일이 있어도 국민을 굶지 않게 해야 할 의무를 지고 있는데 말이다. 건설 문제는 잘 모르나 기름값이 엄청 올라 사우디아라비아로는 돈을 주체하지 못할 것이 아닌가. 그렇다면 그 많은 돈은 다 어디다 쓸 것인가. 깊이 생각할 필요도 없다. 건설에다 쓸 수밖에 더 있겠는가. 그래서 사우디 국왕이 건설 제안을 했을 것은 짐작할 필요도 없다. 기름값 폭등이 우리로서는 되레 하늘이 내린 복으로 봐야지 않겠는가.

'정주영 사장, 우리 한번 노래도 불러보고 춤도 추어봅시다.' 그런 말이 입에서 곧 나올 듯한 박정희 대통령의 표정이다.

"알겠습니다."

자세한 얘기까지 듣지는 못했으나, 박 대통령이 좋아하시는 걸 보니 좋은 일인 것만은 사실인 것 같다.

"우리만 말고 주방에서 수고하시는 분들도 다 나와 자리를 함께하면 싶은데, 한번 물어보시오."

"그렇게 할게요."

그렇게 해서 박정희 대통령은 정주영 사장에게 술을 권한다.

"각하께서 먼저 하셔야지요."

"아니요. 일부러 차린 상은 아니나 오늘 이 잔은 정 사장님을 위한 잔이요. 어서 받으시오."

존경하는 국왕님. 국왕님께서 주신 귀한 메시지에 응하게 될 것 같습니다. 건설 관계 장관을 곧 보내드리도록 하겠습니다. 국왕님과 사우디아라비아에 무궁한 영광이 있기를 빕니다.

- 대한민국 대통령 박정희

국가 재건복

"바쁘신데 갑자기 찾아와 미안합니다."

박정희 국가 재건 위원장의 말이다.

"아닙니다."

박정희 의장이 오겠다고 해서 기다리고 있지만, 해야 할 일은 하는 가나안농군학교 김용기 교장의 말이다.

"사실은 김 교장 선생님이 지금 하시고 계시는 일, 그동안 동경했었습니다."

"감사합니다. 그렇습니다. 지금하고 있는 일이 참인 줄 알고 가르치는 중입니다."

"그래요. 가나안농군학교가 어디에 있는지 보고도 싶고, 그래서 왔습니다."

"알고 계시리라 싶지만 국가 번영은 이론이 아니라고 생각합니다."

"옳으신 말씀입니다."

"농군학교에서 교육받은 사람들을 보면, 형편이 괜찮은 분들이기는 하나 교육으로 그만인 경우가 대부분인 것 같습니다."

"그래요? 그러면 교육받은 대로 할 수 있도록 하려면 그 방법은요?"

"제가 말하는 것은 아닐지 몰라도 지도자의 의지와 용기라고 봅니다."

"김 교장 선생님, 맞습니다."

"부탁드립니다. 새로운 국가를 만드십시오."

"쿠데타라고 말할지 몰라도 말씀하신 대로 할 생각입니다."

박정희 국민회의 의장 일행은 가나안농군학교에서 점심을 해결한다. 일행들 중 누구는 아가씨라고 말하는 가나안농군학교 며느리가 빙긋이 웃는다.

"안녕하세요. 여러분들은 정부 일도 바쁘실 텐데 이렇게 찾아주셨습니다. 반갑고 환영합니다. 그런데 오늘 점심은 어떠셨습니까. 고기도 없이 한 대접인데 말이지요. 그러함에도 맛나게 드시는가 싶어 다행이다 싶습니다. 식사 중 어느 분이 저에게 '아가씨'라로 부르시던데, 저는 아가씨가 아닙니다. 결혼해서 아이도 두고 있습니다. 겉으로야 아가씨로 보이실지 몰라도요. 어떻든 여러분 앞에 제가 서기까지는 가나안농군학교 교장이신 아버님의 말씀이 있었습니다. 그런 점 이해 부탁드립니다. 그런데 우리 친정아버지는 안 보이시네요. 우리 친정아버지 이름을 말씀드려도 되겠지만 누구시라고 말은 않겠습니다. 우리 친정아버지는 가나안농군학교를 운영하는 집안의 며느리가 되는 것을 좋아하지 않으셨지만, 말리지도 않으셨습니다. 가나안농군학교 주소까지 말할 필요는 없겠으나, 여기는 '경기도 양주군 동부면 풍산리'입니다. 보시는 대로 이웃집들과는 좀 떨어져 있습니다. 때문에 어쩌면 외로울 수도 있겠으나 전혀 외롭지 않습니다. 그것은 교육생들로 북적거리기 때문입니다. 그것도 날마다요. 그래요. 가나안농군학교가 어떻게 운영되고 있는지 아시는지 모르겠으나, 우리 학교에 입소하려면 일 년을 기다릴 만큼 인기가 있습니다. 교육생 수용 능력이 한정되어 있기 때문이에요. 그러면 가나안농군학교의 며느리가 되기까지 형님과 나눈 이야기를 들려 드리겠습니다.

"형님. 저도 이 가나안농군학교의 일원이면 해요." 형님이라고 말한 것은 마땅한 호칭도 없었지만 결혼을 전제로 했기 때문입니다. "아니, 형님이라고 했어?" 형님은 좀 놀라는 표정으로 말씀하십니다. 그래서 "예."라고 당당하게 말했지요. "그러면 가나안농군학교 며느리가 되고 싶다는 건가?" 형님은 저를 빤히 보시면서 말씀하셨어요. "저는 가나안농군학교 며느리가 되고 싶습니다. 또 현재 교육생이에요.", "학생이 동서가 되면야 좋지만, 아버님 시험에 합격해야 될 건데 가능할까 모르겠네. 남들이 보면 말이 안 될지 몰라도." 세상에 며느리 선택 시험도 있나 해서 "며느리 되기 시험이 뭔데요?"라고 물었습니다. "필기시험은 아니야.", "그러면 실기시험이요?", "그렇지. 어려울 수도 있는 생활방식에 관한 거야." "그러면 생활방식을 형님에게서 배우면 안 될까요?", "나한테 배울 건 없을 것 같고 생산이라고는 농산물뿐이라 절약은 절대로 해야 돼.", "절약은 문제없어요. 집에서도 익숙했으니까요.", "그러면 아버님 마음에 들게 해봐.", "마음에 들게는 어떻게 해요?", "한 가지 예를 든다면 비누를 쓸 때 남자는 두 번, 여자는 세 번 이상을 문지르면 안 돼.", "그 정도는 문제없어요. 그렇게 할 거예요." 이후 여러 가지를 형님 말씀대로 최선을 다합니다. 며느리가 되기 위해서요. 물론 남편이 나에게 호감을 보여서이지요. 남편이 좋아해서 아버님만 허락하면 되는 일이라 최선을 다하면서 말씀이 있기를 기다리는데 말씀이 없어요.

그래서 "아직도 말씀은 없으시네요." 형님에게 묻습니다. "그래, 우리 집은 아주 특별해서야.", "특별하다는 것 저도 알아요. 그렇지만 무엇이 부족한지 가르쳐 주세요.", "우리는 반찬 한 가지도 먹다 남은 것이 없게 하잖아. 학생이 보는 대로 말이야. 물 절약도 중요한데 학생은 그게 좀 아닌 것 같아. 샘물이라 물을 펑펑 쓰는 것이 더 좋을 수 있으나 절약을 크게 여기기에 그래." 그래서 샘물을 사용하는 것조차도 마음에 들게 해야겠다고 열심입니다. 그래도 소식이 없어요. '소식이 왜 없는 걸까?' 해서 남편감에게 말했지요. 그런데 남편감은 빙긋이 웃어요. 결국은 며느리가 되고 말았지만 말이에요.

이건 남편의 고등학생 때 얘깁니다. 학교를 다녀온 아들이 우울한 표정입니다. 아들의 우울한 표정을 보신 아버님은 "아니, 네 표정이 어두운데 무슨 일이 있는 거냐?" 묻습니다. 무엇 때문에 우울해하는지 어느 정도 짐작은 하시고요. "친구들은 고급 운동화를 신었는데, 나만 고무 신발인 것이 창피해요. 아버지…." 아들은 투덜댑니다. "그래? 네 친구들처럼 운동화를 신을 자격이 있지, 신발 살 돈이 없는 것도 아니고 고등학생인데 말이다. 아버지가 그걸 몰라서가 아니다. 그럴만한 이유가 있어서다. 자세한 얘기는 가족들 모임에서 할 테다." 그렇게 해서 아들을 달래신 것 같습니다. 형님 말씀을 들으면 말입니다. 그리고 우리 가나안농군학교의 가정 질서를 말씀드립니다. 사과든 참외든 따 먹어도 될 만큼 익었으면 먼저 아버님께 말씀드립니다. 그래서 아버님이 수확하시고 감사 기도를 합니다. 그것은 첫 열매이기 때문입니다. 가정 질서상 그렇게 하자고 아버님께서 말씀하신 것도 아닙니다. 모든 가정에서 자연히 발생하는 질서라고 말할 수는 없으나, 우리 가나안농군학교는 그렇습니다. 이것이 당연한 가정 질서라고 생각합니다. 가정 질서는 후손들에게 가르쳐야 할 교육이기도 합니다.

말을 하다 보니 너무 많이 했는지 모르겠는데, 가나안농군학교 며느리가 되기까지의 얘기는 이만큼입니다. 그래요. 여러분들은 복지 국가를 만들자는 의도로 그동안 못 봤던 간소한 복장을 하셨습니다.[5] 가나안농군학교 며느리이지만 국민의 한 사람으로 기대됩니다. 그러나 국민들은 여러분들 생각처럼 잘 움직여 줄지 모르겠습니다. 그것은 그동안의 습관이라고 말해도 될지 몰라도 마음속에 굳어진 사고방식 때문입니다."

"교장 선생님, 며느님 얘기 감동이었습니다."

박정희 국가 재건 최고위원장 말이다.

"그렇게까지요? 감사합니다. 그런데 한 가지 부탁드리고 싶은 게 있습니다."

"무슨 부탁인데요?"

"계엄령 선포 중이기는 하나, 가나안농군학교에 오려는 사람들은 예외로 해주시면 합니다."

---

5) 넥타이가 없는 재건복.

"그렇게 하겠습니다."

"감사합니다. 그런데 이렇게 오셨으니 바쁘지 않으시면 한 가지 얘기를 해도 될까요?"

"그러시지요."

"가나안농군학교는 마음먹고 세운 학교가 아닙니다. 이미 지나간 일 원망해서도 안 되겠지만, 잘못된 말을 믿은 것이 원인이 되어 사업에 실패하고 황무지를 개간한 결과 학교가 된 것입니다. 그렇게 된 학교인데, 우리의 생활 모습이 사람들에게 괜찮게 보였는지 소문이 멀리까지 퍼졌고, 많은 사람들이 찾아주었고, 궁금한 것들을 물습니다. 그래서 대답을 하게 된 것이 우리 가족이 교사가 되기까지의 과정입니다. 보셔서 아시겠지만, 우리 며느리는 예쁘기도 하지만 여간 똑똑한 것이 아니에요. 그런 며느리가 무슨 생각이었는지 두 번이나 와서 가나안농군학교 며느리가 되게 해달라고 떼까지 쓰는 겁니다. 그래서 누구냐고 물으니 장관님 딸이라고 해요. 아니, 무슨 아가씨가 며느리로 삼아 달라고 떼까지 쓰는가 해서 놀랐지요. 물론 장가들 제 아들 녀석은 마음에 들었을 테지만 말이에요.

다음날 맏며느리가 말해서 알게 되었지만, 며느리가 되고 싶으면 쉽지 않은 조건이 충족돼야 할 건데 자신 있냐고 물었답니다. 그렇게 물으니 이렇게 또 온 이유는 '가나안농군학교 며느리로 살고 싶어서.'라고 말했다네요. 그런 말을 들은 시애비 될 입장에서 그렇게 하라고 쉽게 받아줄 수는 없어 말하면 시험을 본 거지요. 시험이란 게 다른 데 있겠습니까. '어떤 며느리가 들어오는가에 따라 집안의 흥망성쇠가 좌우된다.'는 생각뿐이었습니다. 그러니까 얼굴만 아니라 마음도 예뻐야 한다는 생각이었지요. 그렇게 된 건데 소문은 며느리 시험을 보았다는 것까지 난 것 같습니다. 싫은 말은 아니나 다른 색깔이 들어오게 되면 가정 질서가 한꺼번에 무너질 수도 있어서였습니다."

"오, 그러셨군요."

"그건 그렇고 고기도 국민의 반 이상이 먹을 때까지는 안 먹겠다고 하셨다면서요."

박정희 의장이 말을 멈춘 사이에 농림부 장관이 말을 꺼낸다.

"그렇지 않습니다."

"그래요?"

박정희 국가 최고 의장 말이다.

"예, 초창기 몇 개월은 그랬다가 취소를 했습니다. 취소한 것은 가족들에게 피해를 주는 일 같아서입니다."

"아, 예…."

"아니라는 생각이 들어서입니다. 성장하고 있는 아이들에게는 고기가 필요할 것 같아서입니다."

"그리고 만여 평의 황무지 개간을 하셨는데, 하루에 몇 평씩만 개간하자고 하셨다면서요. 이유가 있었나요?"

박정희 최고 의장 말이다.

"그렇습니다. 식구 한 명당 한 평씩으로 정했습니다. 개간을 한꺼번에 하게 되면 피로감도 누적되겠지만, 다른 일을 못 하게 되기 때문입니다. 그러니까 개간을 놀이처럼 하자는 것입니다."

"그러셨군요."

또 박정희 의장 말이다.

"의장님은 복지 국가를 만들어 주십시오."

"나는 그렇게 할 것입니다."

"그리고, 이런 말까지 해도 될지 모르겠으나 사람을 너무 믿지는 마십시오. 제가 그랬으니까요."

"알겠습니다."

국가 재건 최고 의장이 개인의 집일 수도 있는 가나안농군학교를 찾아가 점심까지 먹었다면 이는 무엇을 말하겠는가. 부강한 국가를 만들겠다는 각오가 아니겠는가. 통치자는 부강한 국가를 만들고 말겠다는 각오를 다져야 한다. 이는 말할 것도 없다. 민주주의의 요구는 다음 문제를 무시하지 말라는 것이다. 그래, 국민으로서 민주주의 요구는 당연할 것이나 국민 대다수가 밥걱정을 하지 않을 때 하라는 주장이다. 그렇지 않고서는 심하게 말해 배부른 자들이라 아니할 수 없다.

"임자들은 오늘 얘기를 어떻게 들었나요?"

경호 차량이 앞뒤로 두 대씩 따라붙는 버스 안에서 박정희 의장이 말한다.

"재밌게 들었습니다."

박정희 의장의 최측근인 김종필의 말이다.

"오늘 가나안농군학교 며느리 말을 재밌게 들었다고요?"

"예쁘기도 하지만 말도 여간 잘하는 것이 아니더군요."

"그렇게만 봤을까요?"

"가르치는 입장일 테니 일단은 그렇게 들었습니다."

가나안농군학교 며느리가 말한 얘기는 도덕의 정도다. 박정희 의장은 새로운 국가를 만들어야 한다. 곧 부자 나라말이다. 현재 우리나라의 경제는 북한보다 못하다. 박정희 의장이 그런 의도로 얘기를 꺼내신 것을 어찌 모르겠는가마는 김종필은 그렇게 말한다.

"가나안농군학교 운영을 잘하고 있기는 하나, 국가를 살리기는 너무 바빠서 하는 말이에요. 무슨 말인지 임자들은 알겠어요?"

"그렇습니다. 바쁘지요."

내무부장관 말이다.

"임자들도 인정하겠지만, 우리는 쿠데타가 아니에요. 어디까지나 혁명이지."

"…"

당연히 혁명이지요. 새로운 국가를 건설할 건데요.

"가나안농군학교까지 가 본 이유 명심하세요."

'내 무덤에 침을 뱉어라!' 박정희 국가 재건 최고 회의 의장은 그렇게 말하는 것인 양 눈을 지그시 감는다.

새마을 운동

"임자!"

"예."

"아니요."

"할 말이 있으면 하세요. '아니요' 하지 말고요."

"그분들이 들으면 서운해할지 몰라도 모두를 보면 국가 발전에 도움이 될 만한 인물이 없는 것 같아 답답해요. 그래서 그냥 임자를 불러보는 거요."

"그러면 들은 얘기가 있는데 한번 말해볼까요?"

"들은 얘기요?"

"예."

"들은 얘기가 뭔데요?"

"다름이 아니라, 잘 산다는 나라 덴마크로 유학을 간 학생 얘기예요."

"아니, 덴마크 유학파요?"

"예. 덴마크 유학파요."

"이름은요?"

"이름은 류태영이라고 하네요."

"류태영이요?"
"그분이 지금은 건국대학교 교수라고 하네요."
"그러면 내가 한번 보고 싶네요."
"문 실장!"
"예, 각하!"
"다름이 아니라 덴마크 유학파인 류태영 교수 아세요?"
"저는 모릅니다. 각하!"
"몰라요? 그러면 건국대학교에 있다고 하는데, 한번 알아보시고 있으면 만나보게 해주세요."
박정희 대통령은 덴마크에서 공부했다는 유태영 교수의 얘기를 듣고 싶어 그를 데려오라고 문성철 대통령비서실장에게 말한다. 문성철 비서실장은 류태영 교수에게 전화를 건다.

"예, 류태영입니다."
"아, 그러세요. 저는 청와대 대통령비서실장 문성철입니다."
"아, 예. 안녕하세요."
"류 교수님께서 시간을 내실 수 있을까 해서 우선 전화부터 걸었습니다."
"시간이야 낼 수는 있지만…?"
"아, 그러세요. 시간을 낼 수 있으시면 대통령께서 류 교수님을 한번 뵈었으면 하십니다. 제가 찾아가겠습니다."
"찾아오실 필요까지는 없습니다. 그런데 대통령께서요?"
"예, 그렇습니다."

"저 같은 사람을 무슨 일로 보자고 하실까요?"

청와대의 위엄은 어마어마하다. 청와대에 근무하는 관계자 말고는 여당 대표도 쉽게 갈 수 없는 곳이 아닌가. '죄지은 일도 없는 것 같은데 무슨 일일까?' 류태영 교수는 고개를 갸우뚱한다.

"무슨 일이 아니고 만나보시면 알겠지만, 류 교수님께 뭘 여쭤보고자 하시는 것 같습니다."

문성철 비서실장은 박정희 정권 체제에서 어마어마한 자리일 수도 있는 청와대 비서실장까지 올랐다. 그러나 타고난 성품인지는 몰라도 그런 당당한 위세는 오간 데 없고 공손도 하다.

"그래요? 당장은 너무 바빠서 곤란한데요."

'대통령이면 대통령이지, 바쁜 사람을 부르는 건 또 뭐야. 누구한테든 굽실굽실해본 일도 없거니와 죽었다 깨나도 굽실거릴 내가 아니다.'는 표정으로 류태영 교수는 전화 내용을 듣고 있다.

"바쁘셔도 대통령이 보고 싶어 하시니 시간 좀 내십시오."

"일단은 알겠습니다."

"그러시면 곧 오시겠다는 말씀입니까?"

"내일까지는 해야 할 일 때문에 안 되고, 모레 오전 중으로 가도 되겠습니까?"

"그렇게 하시지요. 당장 급한 일이 아니신 것 같으니까요."

"그래요?"

"죄송합니다. 직접 찾아뵙고 말씀을 드려야 하는 건데."

"아니에요. 괜찮습니다."

"그러면 모레 차를 보내드리겠습니다."

"차는 필요 없습니다. 택시로 갈 테니까요."

"놀고 있는 차가 있어서 그럽니다."

"아니요, 그런데 청와대 정문에는 얘기를 해 놓으십시오."

청와대비서실장이 일개 교수에게 깍듯이 하다니…, 류태영 교수는 혀를 끌끌 찬다.

"아이고… 어서 와요. 바쁘신 류태영 박사를 불러서 미안해요."

박정희 대통령이 류태영 교수를 앞자리에 앉게 하고 하는 말이다.

"감사합니다. 그런데 저는 박사가 아닙니다."

"그래요? 누구는 박사님이라고 한 것 같은데요."

"밖에서는 박사로 보는 사람도 있는지 모르겠으나 저는 석사도 아닙니다."

"류 교수는 너무 솔직하십니다."

"솔직한 게 아니라 박사도 아니면서 박사로 불리는 것은 저를 감추는 일이기 때문입니다."

"그래요, 감추는 일이어서는 곤란하지요. 그건 그렇고 류 교수가 덴마크에서 유학을 하셨다는 말을 들었습니다. 덴마크 얘기를 듣고 싶습니다."

"덴마크 얘기요?"

"덴마크는 잘사는 나라라는 말을 듣고는 있지만, 사실이던가요?"

"사실입니다."

"그러면 덴마크가 잘살면 얼마나 잘살던가요?"

박정희 대통령은 탁자에 놓인 물을 한 모금 마신다.

"덴마크는 그렇게 잘살 수가 없어요."

"그래요?"

"덴마크처럼 잘사는 나라는 지구상에는 아마 없을 것 같습니다."

"류 교수가 본 덴마크가 그렇게 잘산다면, 표현은 좀 그렇지만 하늘에서 돈벼락이 떨어져 잘살게 된 것은 아닐 테고…."

"그렇습니다. 대혁신이 만들어 낸 결과인 것이지요."

"대혁신이 만들어낸 결과요?"

'대혁신? 국가 재건? 누구는 쿠데타라고 말할 것이다. 그러나 이승만 정부를 무너뜨리기까지 피 흘림의 4·19가 있었을 뿐, 국가 발전에 있어 의논조차도 없었다. 그래, 나는 국방에 있어야 할 군인이다. 그러나 발전된 국가를 만들기 위해 혁명을 하였다. 때문에 류태영 교수를 부르기까지 하였다. 권력욕에 빠져 있다면 이름도 알려지지 않은 일개 대학교수와 독대를 하겠는가.'

이런 마음으로 박정희 대통령은 류태영 교수를 쳐다본다.

"그러니까 평화도 행복도 공짜가 아니듯 말입니다."

"그런 얘기는 천천히 해주시고 먼저 덴마크 유학은 언제 갔고, 유학을 가게 된 계기부터가 궁금한데 류 교수 시간은 괜찮으세요?"

"오늘은 해야 될 일이 없습니다."

"그러시면 덴마크 유학을 하게 된 동기부터가 궁금합니다.."

"덴마크 유학의 동기요?"

"그렇지요."

"예, 저의 경우는 이렇습니다."

류태영 박사는 좀 특별한 사람이라고 할까. 암튼 번영의 대한민국을 위해 하나님께서 세워주신 인물로 보고 싶다. 류태영은 지독히도 못사는 농촌에서 태어나 초등학교도 겨우 졸업한다. 그리고 곧장 머슴살이를 하게 되는데 초등학교를 같이 졸업한 중학생들을 보면서 울기도 수차례였다. 그러다가 엄마가 어찌어찌해서 주선해 주신 덕에, 18살의 늦은 나이에 가정교사로 일하며 중학교에 다니게 된다. 그렇게 해서 중학교 졸업은 했으나 고등학교에 다닐 방법이 없었다.

그래서 그는 고등학교를 다니기 위해 땡전 한 푼 없이 서울로 올라간다. 서울을 빈 몸으로 올라갔으니 밥은 물론 누워 잘 곳도 없었다. 그러나 춥지 않은 계절이라 한강 다리 밑을 거처로 삼았다. 그러다가 미군 부대에서 일하며 야간 고등학교를 졸업한다. 야간 고등학교도 입학 시기를 놓쳐 교장 선생님을 찾아가 무릎을 다 꿇고 다닐 수 있도록만 해달라고 애원을 한다. 류태영은 그렇게 해서 고등학교에 들어간다. 또 미군 부대에서 '유학'이라는 단어를 처음 알게 되고, 덴마크 복지 국가에 대해서도 관심을 갖게 되었다. 그는 우리나라의 가난한 농촌을 생각하며, 덴마크에서 배워 가난한 우리나라 농촌을 잘사는 복지 국가로 만들 꿈을 꾼다.

"류 교수님은 누구도 따라 할 수 없는 일을 했습니다."

육영수 여사 말이다.

"과찬의 말씀입니다. 제가 할 말은 아니나 하지 않아서 그렇지 하늘은 스스로 돕는 자를 돕는다는 말을 진리로 알았을 뿐입니다."

"하늘은 스스로 돕는 자를 돕는다는 말을 진리로 알아도 그렇지요."

박정희 대통령 말이다.

"저는 그렇게 믿고 싶습니다."

이것은 하나님의 은혜로밖에 달리 해석이 안 된다. 덴마크가 잘산다는 말을 어렴풋이 듣고는 있었지만, 얼마나 잘살며 어디에 붙어 있는 나라인지도 모르는 상태에서 덴마크 유학길이 열리게 해 달라고 새벽마다 기도를 했을 뿐이다. 지금에 와서 생각이지만 구두닦이 생활로는 학비는커녕 하루 세끼 밥을 먹기도 벅찬데 유학은 무슨 유학인가. 말이나 되는가. 다른 사람이 들으면 청년 나이에 정신병 환자가 되었다고 할 것이다. 이렇게 덴마크 유학길이 열렸으니, 하나님의 섭리가 아니라고 하겠는가.

"지성이면 감천이라더니, 류 교수님을 두고 하는 말 같네요."

육영수 여사 말이다.

"지성이면 감천이라더니, 류 교수님을 두고 하는 말은 아닌 것 같습니다."

박정희 대통령 말이다.

"아이고… 미안해요."

"아니에요. 그렇게 말할 수도 있어요."

류태영 교수 말이다.

"어떻든 그렇게 해서 덴마크 유학길이 열렸다는 거네요?"

"편지를 구구절절하게 썼다고 해도, 생판 모르는 덴마크 국왕에게까지는 쓴다는 것은 상상도 못 할 일인데요?"

육영수 여사 말이다.

"제가 생각을 해봐도 상상도 못 할 일지요."

"대단하십니다."

박정희 대통령 말이다.

"대단이 아닙니다. 저는 예수를 믿어서 그런지 그런 생각이 듭니다. 성경에는 '능치 못할 일이 없다.' 그런 말이 있습니다. 그래서 덴마크 국왕에게 편지를 쓰길, '우리나라도 덴마크처럼 잘사는 방법을 배우고 싶습니다.'는 말을 장문으로 구구절절하게 썼지요."

"상상도 못 할 일이지만, 류 교수는 해낸 것 아니요."

육영수 여사 말이다.

"다른 사람은 몰라도 저는 신발을 사 신을 돈도 없는 가난뱅이라, 이런 가난을 어떻게 해서든 벗어나고 싶어 그냥 기도만 했지요. 새벽에 교회에 나가…."

"종교가 기독교라 그러기는 하겠지만, 잠이 많을 젊은이가 새벽에 일어나기는 매우 어려울 건데 대단합니다."

박정희 대통령 말이다.

"그렇기는 한데 저는 어려서부터 교회에 나갔고, 습관이기도 하지만 지금까지도 새벽기도는 나갑니다."

"류 교수를 따라갈 누구도 없겠지요. 그런 정신이 덴마크 유학을 하게 한 겁니다."

박정희 대통령 말이다.

"맞지 않는 이상한 말 같지만, 저는 가난이 나쁘지만은 않다고 봅니다."

"가난이 나쁘지만은 않다니요?"

육영수 여사 말이다.

"그건 또 왜요?"

박정희 대통령 말이다.

"물론 노동력이 현저히 떨어진 나이에서 가난은 안 되겠지만, 젊어서는 일어설 수 있는 기회를 가지게 된다는 데 장점이 있기 때문입니다.

"이건 교수님 입장에서 한 말이라기보다, 젊은이라면 반드시 알아두어야 할 아주 귀중하고 살아있는 철학적인 말이네요. 여보, 류 교수님 얘기를 우리 근혜, 근영이도 듣게 합시다."

"알았어요."

육영수 여사가 근혜와 근영, 두 딸들을 데리러 간 사이 박정희 대통령은 생각한다. 대한민국에 류 교수 같은 인물 열 명만 있어도 내가 목적한 대한민국을 만들 수 있겠다고. 그 어디를 봐도, 누구를 봐도 류 교수 같은 인물이 안 보인다. 아니, 류 교수같이 정신이 분명한 인물은 그 어디에도 없을 것 같다. 아무튼 오늘 류 교수를 만난 것은 우연이 아닐 것이다. 우리 대한민국을 살리라는 신의 메시지일 것이다.

"그러니까, 제가 만약 형편이 괜찮았다면 덴마크 유학을 꿈이나 꾸었겠는가 말입니다."

"그래서 가난이 오늘의 류 교수를 만들었다는 거네요?"

박정희 대통령 말이다.

"저는 그렇게 생각합니다."

말로만이 아니다. 지겨운 가난만은 어떻게 해서든 벗어나야 한다는 절박한 상황이라 하나님께 기도를 드렸다. 그러자 덴마크 유학을 넘어 대학교수까지 된 것이 아닌가. 공부를 많이 했다는 지식인들도 그냥 회사 직원에 머물러 있는데 말이다. 어떻든 '박정희 대통령께서 무슨 말을 물어도 다 말할 겁니다. 묻고 싶은 거 있으면 무엇이든 물으시오.'라는 류태영 교수의 표정이다.

"그래서 가난이 오늘의 류 교수를 만들었다는 거네요?"

박정희 대통령 말이다.

"저는 그렇게 생각합니다."

"덴마크 국왕에게 썼다는 편지 내용 기억하시나요?"

"기억하지요. 음악가들이 악상이 떠올라 음악이 만들어지듯 저도 새벽기도에서 그랬으니까요."

"그러면 기억나는 대로 한번 말해 볼 수 있겠어요?"

"그대로는 아니나 기억을 더듬어 볼게요."

덴마크 국왕님, 인사드립니다. 저는 대한민국 청년 류태영입니다. 이렇게 불쑥 편지를 쓰게 된 것은 덴마크 나라 국민들이 그리도 잘 산다는데 우리 대한민국 국민들은 왜 이렇게 가난하게만 살아야 되는지 하는 물음에서 비롯되었습니다. 제 사정을 조금 적는다면 다음

과 같습니다. 초등학교 5학년 때 어머니 손에 잡혀서 교회를 나가기 시작했어요. 시골의 개척교회는 초가집 벽을 털고 볏짚으로 만든 쌀가마니를 땅바닥에 깔고 예배를 드리는 교회예요. 어른들이 20명, 아이들이 20명 정도 되는 교회를 나갔는데, 전도사님이 정말로 바른 신앙의 씨를 떨어뜨렸어요. 그래서 전지전능하신 하나님이 살아계신다는 것을 확실하게 믿게 되었고, 그 하나님이 우리가 아닌 '나'를 사랑하신다는 걸 믿게 되었어요. 그리고 기도를 통해서 하나님과 소통을 할 수 있다는 것도 알게 되었지요. 어머니는 나를 위해서 기도를 많이 하고 새벽기도를 하루도 안 빠지고 다니셨어요. 나도 초등학교 5학년 때부터 같이 기도를 하러 다녔어요. 어린 시절부터 몇십 년을 단 하루도 빠진 일이 없었어요. 그런데 '나는 왜 중학교를 못 가나, 왜 지게를 지고 땀을 뻘뻘 흘리면서 남의 집에 가서 일하고 이렇게 지내야 하나?' 그런 의문이 들기 시작했어요. 그래서 저는 새벽에 하나님께 서원을 올렸어요. '공부를 하게 해주셔서 배움을 얻고 힘을 얻어서, 가난한 농촌을 위해서 일하게 해주세요.'라고 간절하게 기도를 했고, '태영이 너는 할 수 있다.'라는 응답을 받았다고 생각도 했습니다. 물론 신앙심이기는 해도요. 그러나 현실은 현실이에요. 좀 웃기는 일이지만, 저는 집토끼를 몇 마리 키웠어요. 하루는 장날에 토끼 몇 마리를 시장에 내다 팔아 그 돈으로 『중학교 강의록』이라는 책을 샀어요.

중학교에 못 간 아이들이 집에서 공부하는 책이에요. 그걸 가지고 3년 동안 죽어라 공부를 했어요. 또 초등학교에서는 중학교에 가지 못한 아이들을 불러서 담임 선생님이 공부를 가르쳤어요. 거기에 다니기도 했지요. 그렇게 공부를 했는데, 18살 되던 해에 읍내에 중학교가 생겼고, 어머니가 읍내에서 하는 교회 연합 집회에 갔는데, 읍내에서는 제일 잘사는 장로님 댁에서 그날 온 집사님들을 위해서 국수를 삶아줬대요. 우리 어머니가 장로님 댁을 살펴보니 큰 부자였대요. 그래서 사모님한테 제 이야기를 하신 모양이에요. 공부를 하고 싶은 우리 아들이 있는데 어쩌고… 하시면서 하소연을 하셨나 봐요. 어머니가 교회 연합 집회에 다녀오시더니, 내일 그 장로님 댁에 가보자고 하셔서 갔지요. 10살과 8살짜리 아이들을 가르쳐주고 놀아주는 조건으로 그 집에서 밥을 먹고 중학교에 가게 되었어요. 그래서 18살에 중학교에 가게 된 거지요. 이를테면 저는 가정교사인 셈이지죠. 저는 그렇게 해서 중학교까지는 다녔지만 고등학교는 다닐 수 없었어요. 그래서 어머니에게 차비를 해달라고 하고 서울로 올라왔어요. 그때가 6·25 전쟁 바로 직후였어요. 어떻든 서울이라는 곳을 무작정 올라오다 보니 아는 사람도 없음은 물론이고, 오라는 데도 없고 갈 데도 없는 거예요. 다행히 따뜻한 여름이라 다리 밑에서도 자고, 기차역에서도 잤어요. 그러면서 길가에서 구두닦이를 했어요.

그랬는데 당시 대방 전철역 앞에 미군 부대가 있었어요. 그곳에 고향 사람이 미군 통역을 하고 있다는 것을 알고, 그 사람한테 가서 인사를 하고 사정 얘기를 했더니 미군 부대 안에서 구두닦이를 할 수 있도록 배려를 해주었고, 부대 안 천막 안에서 잘 수 있게도 됐어요. 그래서 이제 살았다 싶었어요. 그때가 고등학교 입학시험과 등록이 끝나고 개학한 지 한 달 뒤였어요. 제가 구두닦이를 하고 있으나, 서울에 올라 온 목적은 구두닦이를 하러 온 게 아니라 공부를 하러 온 거지요. 때문에 학교를 가야겠는데 주간이고 야간이고 없는 거예요. 그래서 저는 고등학교 교장 선생님을 찾아가 무릎을 꿇고 울면서 하소연을 했어요. 내가 서울에 구두를 닦으러 온 것이 아니라 독학을 하다가 중학교를 졸업하고 고등학교가 없어서 서울에 왔다고 말했어요.

그러면 입학금과 등록금은 어떻게 할 거냐고 물으시기에, 미군 부대에서 구두닦이를 하고 천막에서 자기는 해 입학금도 없고 등록금도 없지만, 입학만 시켜주시면 공부는 잘 따라갈 거고 학비도 잘 내겠다고 통사정을 했어요. 그러는 저를 보신 교장 선생님께서 특별히 입학 허락을 해 주셨어요. 그래서 학교를 들어갔어요. 학비는 구두닦이로 번 돈이 얼마가 되든지 한 달에 한 번씩 꼭꼭 냈어요. 구두닦이로 번 돈을 학비로 내니 굶게 됐죠. 많이 굶어서 빈혈증이 다 걸렸어요. 때문이겠지만 여러 번 쓰러졌어요. 어질어질해서 전봇대를 붙들고 있다가 가기도 하고, 잔디밭에 드러눕기도 했는데 누우면 낭떠러지로 떨어지는 느낌이었어요. 그러니까 영양실조인 거죠. 아스팔트길도 한쪽으로 기울어진 것 같고 그랬어요. 국왕님께 너무 궁상을 떠는 얘기 같아 죄송합니다만 국왕님의 배려를 바라고 싶습니다. 죄송합니다만, 이렇게 편지를 쓰는 것은 덴마크 생활상을 벤치마킹해서 우리 대한민국에 써먹는 것이 저의 꿈이기 때문입니다. 국왕님 내내 강건하시고 하나님의 은혜 가운데 계시기를 기도합니다.

- 류태영 올림

"류 교수 이런 편지는 덴마크 국왕이 아니어도 감동 그 자체입니다."

"정확히는 아니나 이렇게 쓴 걸로 기억합니다."

"편지는 어떻게 붙였어요?"

"덴마크 국왕의 주소는 없지만, 덴마크 우체국 집배원들이 덴마크 국왕 근무처를 모르겠느냐는 생각이 들어, '덴마크 수도 코펜하겐' 그렇게만 썼어요."

"그래요? 여보, 이런 얘기는 주방 일하는 분들도 듣게 하면 어떻겠소?"

박정희 대통령 말이다.

"알겠어요. 근혜야~! 아니다. 내가 가봐야지…."

육영수 여사는 주방장인 남자 한 명과 여자 네 명을 데리고 온다. 청와대는 대통령 가족만 있는 게 아니다. 밥을 같이 먹어야 할 비서진들도 많아 식당 일을 하는 사람도 그만큼이다.

"어서들 와요. 류 교수님 얘기가 너무 감동적이라 우리만 듣기에는 너무 아깝다는 생각이 들어 불렀어요."

"아, 예…."

"하시던 얘기 계속하세요."

박정희 대통령 말이다.

"그런 생각이 들어 주소를 그냥 덴마크 수도만으로 해서 보냈더니, 몇 개월 뒤에 덴마크 국왕에게서 답장이 온 겁니다."

"답장이 오리라는 생각은 했고요?"

"딱 믿을 수는 없었고, 반반이었지요. 무슨 내용의 편지든지 말이요."

"그러면 여간 반갑지 않으셨겠네요."

주방장 말이다.

"그러면 안 반가워요."

육영수 여사 말이다.

"답장 내용을 보면 '귀하를 덴마크 국비 장학생으로 초청합니다. 귀하가 공부하고 싶은 분야와 학교, 기간을 정해주시길 바랍니다.'라는 간단한 내용의 글과 함께 덴마크행 비행기표와 중간 경유지의 최고급 호텔 숙식권, 여비 등이 함께 동봉되어 있었습니다."

"그런 봉투를 받아보신 류 교수는 정말 놀라셨겠습니다."

육영수 여사 말이다.

"놀란 정도가 아니라 맞기는 한 건가 그랬겠는데요."

박정희 대통령 말이다.

"그렇지요, 말씀대로 이게 진짠가 했지요."

"어떻든 진짜잖아요."

또 박정희 대통령 말이다.

"그래서 세상에 이런 일도 다 있나 했지요. 봅시다. 그냥 비행기표도 아니고, 최고급 호텔 숙박권도 충분한 여비도 들어 있는데요. 세상에 이런 대접을 받아본 사람도 있을까 싶어 진짠가 의구심도 솔직히 들었어요."

"대통령이야 국가 원수니까 그렇지만, 어느 장관도 그런 대접은 받지 못했을 거요."

"제 얘기는 여기까지인데 어찌 하나님께 올린 기도 덕이 아니라고 하겠습니까. 그런 믿음은 지금도 변함이 없지만, 그렇습니다."

"그런데 덴마크가 그렇게 잘살던가요?"

"잘사는 정도가 아닙니다."

"그래요? 잘산다는 말은 듣고 있었지만…."

육영수 여사 말이다.

"자가용이 없는 집이 없고요, 병원비가 일체 무료이지요. 집이 없으면 집도 무료로 지어 주지요. 이런 나라가 있다는 말조차 들은 사람 있을까 모르겠습니다."

"우리나라는 자동차가 있는 집이 드물 텐데, 병원비도 일체 무료, 집도 무료, 사실이겠지만 대통령인 나도 믿기지가 않네요."

"그래서 덴마크를 진정한 나라라고도 했는가 봅니다."

주방장 말이다.

"그것만이 아니에요."

"그것만이 아니라니요?"

"빈둥빈둥 놀아도 먹고살라고 돈을 주어요."

"빈둥빈둥 놀아도 먹고살라고 돈을 준다고요?"

육영수 여사 말이다.

"거짓말이 아닙니다."

"덴마크에서 공부를 하신 류 교수 말을 못 믿어서야 되겠소마는, 대통령으로서 빈둥빈둥 놀아도 먹고살라고 돈을 준다는 류 교수 말은 믿기가 어렵네요."

박정희 대통령 말이다.

"빈둥빈둥 놀아도 먹고는 살라고 나랏돈을 준다는 것은 이치에 맞지 않지만, 그것은 사실입니다."

"그러면 그럴만한 이유가 있을 텐데, 이유는 뭘까요?"

"덴마크는 육신이 멀쩡하면 집에 있을 수 없는 사회적 구조를 가지고 있어요. 상대해 줄 사람이 없으니 일하지 말라고 해도 일을 하게 돼요."

"농번기 때 다들 일터로 나가는데 혼자 놀기 어렵듯 말이지요?"

육영수 여사 말이다.

"그렇게 볼 수도 있지만, 덴마크 사람들은 일터를 곧 놀이터로 알고 살아요. 근력으로 해야 하는 힘든 일이 아니기도 하지만."

"힘든 일이 아니면, 일을 기계가 한다는 것 아니요?"

박정희 대통령 말이다.

"그렇지요. 밥 먹는 데는 자동이 필요 없지만, 모든 것이 자동시스템이니까요. 그러니까 제품을 만드는 기계가 고장 없이 작동이 잘 되고 있는지 바라만 보는 정도입니다."

"그렇군요. 그리고 상점에 점원이 없다는 말을 들은 것 같은데, 정말 그렇던가요?"

육군사관학교가 그렇다. 그곳은 정신을 바르게 하자는 현장이기도 해서다. 만약 훔치다가 들키기라도 하는 날엔 스스로 학교를 그만두든지 해야 해서 지금까지도 도둑질 등으로 말썽이 생긴 적은 없다.

"점원이라기보다 없는 물건을 채워 놓는 그런 일손이 있기는 해요."

"궁금한 것은 돈이 어디서 만들어져서 그것들을 공짜로 줄까요?"

박정희 대통령 말이다.

"우리나라는 아직도 지게를 버리지 못했지만, 덴마크는 모든 것이 자동인 데다 품질을 아주 좋게 만들어 수출로 먹고살아요."

"그러면 나쁜 점은 없던가요?"

"나쁜 점이요?"

"문화가 다르다든지… 말이요…."

"덴마크 생활 문화는 우리 한민족 생활 정서에 맞지 않아요."

"구체적으로 하나만 꼽는다면요."

"구체적인 것 하나만 꼽는다면 이혼은 당연으로 하고 살아요. 말도 안 되게 말이에요. 그러니까 우리가 배울 것은 경제개발뿐이라고 생각해요."

"그래요, 우리가 배울 것은 잘사는 것이지 덴마크의 생활 문화까지는 아니지요."

'류 교수 말대로 덴마크가 잘살기는 해도 모든 것이 다 좋을 수는 없을 것이다. 우리가 지향하는 것은 덴마크 생활 문화가 아니라 가난에서 벗어나자는 것이다. 그래서 경제개발 5개년을 시작한 것이다. 1차적, 2차적, 3차적으로 진행하고 있는데 대통령직에서 내려오라고 한다면 경제개발을 하지 말라는 거 아닌가. 앞으로 경제개발을 어떻게 할지가 숙제로 남아 있지만 말이다. 나의 혁명은 무엇인가? 대통령이 되겠다고만 벌인 일은 아니지 않은가. 조상 대대로 이어진 국민들 배고픔… 이런 국민들의 주린 배를 부르게 하자는 것이다. 말하지만 배고픔도 해결하지 못하면서 국가를 통치하겠다는 자는 공개 처형감이다. 그래서 통치 기간 내에 어떤 대가를 치르더라도 마음먹은 보릿고개만이라도 없앨 각오이다.'

"우리나라도 덴마크처럼 잘살 수 있다고 저는 봅니다."
"류 교수 말대로 잘살 수 있다면 방법도 생각해 보셨나요?"
"방법이라 말하기는 아닐지 몰라도 덴마크는 농사를 짓는 기후조건이 우리나라보다 못한 편이에요."
"그래요? 덴마크는 농업 국가라면서요."
육영수 여사 말이다.
"덴마크에서 해를 보고 살 수 있는 기간은 3개월 정도뿐이에요."
"기후 조건이 그러면 농사짓기도 그렇겠지만, 생활하기도 어렵겠는데요."
또 육영수 여사 말이다.
"어렵다고 봐야겠지요. 9개월은 해를 거의 볼 수 없을 만큼 안개가 짙게 끼니까요."
"그렇군요. 덴마크에 대해 류 교수 얘기를 들으니 궁금한 게 많은데 노조는 있던가요?"
박정희 대통령 말이다.
"노조가 있기는 한데 우리나라 노조 같지는 않아요."
"그러면요?"
박정희 대통령 말이다.
"돈만 벌자는 경영자가 아니라서 그렇기는 하겠지만, 노동시장의 유연성을 높이자는 데 그 목적이 있어요."

"노동시장의 유연성이요?"

"그렇습니다."

"그건 무슨 말이요?"

"가령 사용자가 경영상의 이유로 근로자를 마음대로 해고하거나 채용할 수 있는 등 정부의 규제가 거의 없는 동시에, 국가는 실직한 근로자에게 실직 이후 4년 동안 실업수당을 지급하고 재취업 교육을 담당하며, 전 국민을 대상으로 무상교육을 실현하는 등 북유럽형 복지 국가를 실천해요."

"덴마크는 진정한 나라라는 말을 들을 만하네요. 그런데 군대는 어때요?"

경제개발이 우선이기는 해도 국토방위도 튼튼해야 해서 박정희 대통령은 묻는 것이다.

"군대가 있기는 한데, 덴마크를 침략하려는 국가가 없어서인지 어쩌면 우리나라 전투 경찰 정도가 아닌가 싶습니다."

"그렇군요."

"덴마크가 처음부터 잘살게 된 것은 아닙니다. 선구자가 있었는데, 설명하자면 덴마크는 기독교 국가입니다. 그래서 행정 자체가 기독교식입니다. 그러나 18세기 덴마크는 기독교 정신을 무시한 병든 사회였습니다. 그렇게 병든 덴마크 사회를 일으킨 사람이 그룬트비 목사입니다. 그는 대학을 수석으로 졸업하고 목사직으로 나가기 위해 목사고시를 치르게 됩니다. 목사고시의 설교 제목이 '덴마크 교회 지도자들이여, 회개하시오'였습니다. 시험관들은 목사가 되겠고는 하나, 어린놈이 건방지다는 이유로 멀리 떨어진 유배지역 같은

섬으로 발령을 냅니다. 그는 교회를 개혁하고 나라를 구하겠다고 일어섰지만, 목사고시에 낙방을 하고 조그마한 섬에 유배당하다시피 되었습니다. 그룬트비는 자신을 몹쓸 사람으로 취급해 버린 목사들이 미워졌고, 때문에 신경쇠약에 걸려 잠도 못 자고 나중엔 헛소리까지 해가며 폐인 직전에 이르렀습니다. 그러니까 대학생 때 가졌던 희망을 잃어버린 것입니다.

그랬지만 그룬트비를 통해 성령의 바람이 덴마크에 불기 시작했습니다. 그는 '하나님 사랑, 이웃 사랑, 덴마크 사랑'을 외쳤습니다. 청년들이 변하기 시작했고, 그래서 나라가 변하였습니다. 그 결과 덴마크는 세계 1등 국가가 될 수 있었습니다. 지금도 덴마크 사람들은 그룬트비 목사를 국부로 생각합니다. 덴마크 곳곳에는 그룬트비 목사 동상이 세워져 있어요."

"류 교수, 시간 너무 많이 빼앗는 건 아닌지 모르겠네요."

"아니에요, 오늘은 아무 계획이 없어요."

"임자! 류 교수님에게는 미안하지만 오늘 점심은 이 자리에 먹읍시다. 식당에 가지 말고요."

"알겠어요."

그렇게 해서 밥상이 차려지고, 대통령 가족과 류태영 교수가 한 상에 둘러앉는다. 물론 식당 책임자들도 함께했지만 말이다.

"대통령님, 저 기도 한번 해도 될까요?"

"당연하지요."

"하나님 아버지, 오늘 점심은 박정희 대통령님과 함께합니다. 하나님 아버지, 우리나라는 날로 발전하는 서구 사회와 유럽 사회와는 달리 보릿고개를 아직도 넘지 못하고 있는 어려운 상태입니다. 그래서 박정희 대통령님께서는 그리도 넘기 힘든 보릿고개를 없애기 위해 혁명을 일으켰습니다. 그것도 목숨을 담보로 하지 않으면 아주 위험한 것을 무릅쓰고요. 때문에 박 대통령님은 새로운 대한민국을 건설하고자 일개 대학교수인 제 얘기까지도 귀담아 들으시고자 하십니다.

하나님 아버지, 박 대통령님께서는 가난을 숙명으로 해야 하는 대한민국을 잘사는 서구나 유럽처럼 만들자는 생각으로 자신을 불사르고 계십니다. 그렇지만 나아가는 길에 거대한 장애물들이 한두 가지가 아닙니다. 오래전부터 굳어진 잘못된 생활 풍습들, 벼슬을 가문의 영광으로 여기려는 어처구니없는 정치인들, 지시는 하지만 자신의 보신에만 묶여 있는 관료들, 이것들을 다 깨부수지 않고는 새로운 대한민국 건설이 어렵겠다는 생각입니다. 통치 중에 계시는 박 대통령님께 능력의 힘을 주소서.

하나님 아버지, 우리 대한민국도 여느 국가들처럼 한번 잘살아보고 싶습니다. 단군으로부터 이어져 온 넘기 힘든 보릿고개, 더 이상 없게 하려고 박 대통령님은 피눈물까지 흘릴 정도입니다. 이 점 하나님 아버지께서 굽어살피소서.

하나님 아버지, 정말 안타까운 것은 젖먹이는 젖이 안 나온다고 칭얼대며 울고, 엄마는 먹은 것이 없어 빈 젖만 물려주게 돼 미안해서 울고 있습니다. 하나님 아버지, 우리나라가 이렇습니다. 당장은 이런 가난 문제만이라도 해결해 주고자 박 대통령께서는 몸부림이십니다.

하나님 아버지, 많은 정치인들은 그것도 모르고 아니, 알 필요도 없다는 듯 자기가 잘났다는 목소리만입니다. 국가 건설에 당연히 협력해야 함에도 아닌 것 같습니다. 도움이 필요한 주변 국가들을 봐도 그렇습니다. 우리나라를 도울 마음은커녕 자기네 국가의 영토로 만들고자 호시탐탐 노리지 않나 싶습니다. 박 대통령님은 이런 악조건에 있는 대한민국 대통령 자리에 서 계십니다.

하나님 아버지, 우리 민족은 침략만 당했을 뿐 다른 나라를 침략해 본 적은 단 한 차례도 없음에도 그렇습니다. 우리나라는 선민 국가입니다. 하나님 아버지! 박 대통령님을 좀 도와주소서. 지치지 않을 만큼의 건강도 허락해 주시고, 지근거리에서 박 대통령님을 보필해 주시는 영부인에게도, 한창 성장기에 있는 자녀들에게도 영특한 은혜를 내려주시고, 청와대 직원들을 위해 밥상을 차려주시는 분들에게도, 청와대 직원들에게도 전국 방방곡곡에서 나름의 일을 하시는 국민들에게도 하나님의 은총 내려주소서. 주신 음식 감사하게 먹겠습니다. 이런 음식 정도는 우리 국민 모두가 부족함 없이 먹을 수 있도록 도와주시옵소서. 예수님의 이름으로 기도합니다."

"나무아미타불."[6]

"류 교수, 기도 고맙습니다. 류 교수의 기도를 들으니 정말 안타까운 상황이 보이네요. 젖먹이 아이는 젖이 안 나온다고 칭얼대며 울고, 엄마는 먹은 것이 없어 빈 젖만 물려주게 돼 미안해서 울고…

6) 육영수 여사는 불교인이다.

정말 눈물 날 일이요. 대한민국을 잘살게 하려면 거기까지도 알아야 할 것은 당연한데, 그것도 모르고 있었다는데 부끄럽습니다. 우리나라 국민 상당수인 엄마들은 방금 기도한 젖먹이 엄마처럼 살아갈 건데, 류 교수 나 좀 도와줄 수 없겠소?"

"제가 대통령님을 도와드릴 만한 일이 있을까요?"

"지금까지 말한 내용을 류 교수가 맡아 주면 될 것 같네요."

"예, 알겠습니다. 학교 측에 얘기를 해보겠습니다."

"류 교수, 고맙소."

"제가 그만한 성과를 내야 할 건데, 아무튼 한번 해보겠습니다."

점심 밥상은 미리 말해서 그러기는 하겠지만, 찬이라고 해봐야 특별할 수 없는 낙지젓갈, 기름과 소금을 묻혀 구운 김, 묵은 김치, 방금 버무린 봄나물 김치, 북엇국, 그리고 간장뿐이다.

"대충 차린 밥상이라 미안해요. 류 교수님…."

육영수 여사 말이다.

"아니에요. 저에게는 과분할 정도의 밥상입니다. 늘 배불리 못 먹었다는 생각 때문입니다."

"아이고…그랬군요."

박정희 대통령 말이다.

"누구는 그러데요. 성장기 때는 너무 먹어 탈이 날 정도로 먹어주어야 한다고요."

"성장기가 아니어도 배가 고파서는 안 되지요."

육영수 여사 말이다.

"그렇기는 해도 저는 외식 말고는 밥 한 끼 때우면 그만으로 살아갑니다."

"그래도 그렇지, 발걸음을 어렵게 하신 류 교수님 밥상이 너무 초라하네요. 미안해요."

박정희 대통령 말이다.

"아니에요. 진수성찬을 먹어봤자 몸에 특별히 좋을 리도 없을뿐더러, 가난하게만 살았던 기억을 무시할 수가 없어서입니다. 누가 말했는지는 몰라도 분수를 알라는 말, 저는 기억합니다."

"아이고… 그렇게까지야…."

박정희 대통령 말이다.

"지금이야 어찌어찌해서 대학교수가 되었고, 대통령님과 감히 대화를 나누지만 너무도 가난해 머슴도 살았던 입맛이기 때문입니다."

"류 교수를 이렇게 만나게 된 것은 나로서는 행운입니다. 류 교수는 나이가 나보다는 아래지만 정말 모시고 싶습니다. 이렇게 말하는 것은, 자신 있어 하시는 류 교수 진정성을 보았기 때문입니다."

"아닙니다."

"술도 가져올까요?"

육영수 여사 말이다.

"술이요? 저는 술은 못해요."

"무슨 술 얘기를 하세요."

박정희 대통령 말이다.

"참, 술 안 하시지요. 그건 그렇고, 궁금한 것이 있는데 덴마크 말을 배워야 생활이고, 공부고, 할 건데 어땠어요?"

육영수 여사 말이다.

"덴마크 말이요? 처음에는 저런 말도 말이라고 하나? 그랬지요."

"그렇다면 곧 배워지더라는 거요?"

박정희 대통령 말이다.

"그게 아니라, 덴마크 말을 배우지 않고는 공부고 뭐고, 아무것도 할 수 없겠다는 생각이 들더라고요. 그래서 생각 끝에 하루에 열 마디씩 배우기로 계획을 세우고 말 배우기를 시작했어요. 매일 그랬는데 그게 맞아떨어져 3개월 만에 다 배웠어요."

"뭐요? 덴마크 말 배우기를 시작하고 3개 월 만에 다 배워 버려요? 그러면 류 교수님은 천재라고 할 수 있겠는데요."

육영수 여사 말이다.

"그럴 수는 없습니다. 봅시다. 어느 나라 말이든 일상용어는 5백 마디를 넘지 않아요. 누구든 그런 생각은 않겠지만, 세상에 태어나 먼저 아빠, 엄마, 바둑아, 철수야, 영희야, 까꿍, 짝짜꿍, 도리도리… 등, 어린이가 그렇게 해서 말을 배우게 되잖아요. 가족들 말을 흉내 내면서요."

"그렇기는 해도요."

육영수 여사 말이다.

"다른 나라 말 배우기 얘기가 나와서 말인데, 제 아이들 예를 한 번 들게요. 가족과 떨어져 살아서는 안 되겠다 싶어 가족을 덴마크로 이사를 시켰어요. 이사를 시키고 보니 우리 아이들이 덴마크 아이들과 잘 놀아야 할 텐데 조금은 걱정이 되더라고요. 그런데 걱정은 기우더라고요. 덴마크 어린이들과 함께 노는 것을 보니 우리 아이들은 우리나라 말로, 덴마크 아이들은 자기네 덴마크 말을 하면서 놀더라고요. 그러더니 우리 아이들은 한 달도 안 되어 덴마크 말을 거침없이 하데요. 제가 덴마크 말을 그런 식으로 배웠고 공부를 한 거지, 머리가 좋아서는 결코 아니에요."

"그래도 그렇지요, 우리가 보는 대로 어학연수 때문에 외국에 간 학생들을 보면 외국어를 자유롭게 못 해요."

육영수 여사 말이다.

"외국어를 진짜 배우고 싶다면 6개월이면 충분할 건데, 외국에는 생소한 것들도 많아 구경도 하면서 놀기도 해야 해서 그렇겠지요."

"류 교수 말 맞습니다. 국가 일도 마찬가지입니다. 기필코 해내고야 말겠다는 각오 앞에는 무너지지 않은 것이 없을 겁니다."

박정희 대통령 말이다.

"얘기를 다시 하면 덴마크 전문용어도 3개월 만에 다 배웠어요."

"덴마크 전문용어까지 6개 월 만에 다 배웠다면 천재라는 말을 들을 만도 하네요. 그런데 무조건 유학만 하자고 시작한 일은 아니었을 텐데요…?"

박정희 대통령 말이다.

"그렇지요. 우리나라는 왜 이렇게 가난하게만 살아야 되는가? 생활 방식 문제는 아닌가? 그런 궁금증을 풀고 싶어서였습니다."

"그러면 궁금증은 풀렸어요?."

"예, 풀렸습니다."

"그러면 얘기 한번 해보세요."

"구태를 버립시다. 그것은 구호뿐이고 실재를 만들어 내야 한다고 봅니다."

"그러면 류 교수가 생각하는 실재는 뭔가요?"

"제가 생각하는 실재란 농한기를 없애는 것입니다."

"맞습니다. 그러나 농한기를 없애자 해도 일감이 있어야 할 것 아니요."

"그래서 손수레도 드나들기 어려운 동네 길을 자동차도 드나들게 정비만이라도 하자는 것입니다."

"세상 바꾸기는 역시 청년들에게 물어야겠군요."

박정희 대통령 말이다.

"그러니까 도덕 개념을 뛰어넘지 않고는 새로울 수가 없다는 생각입니다. 사회 질서상 필요하겠지만 그렇습니다."

"대통령님은 국가를 위해 큰마음 한번 써 주십시오."

"나 그렇게 할 거요. 그런데 말 나온 김에 류 교수에게 부탁의 말 한번 할게요."

박정희 대통령은 류태영 교수가 해준 덴마크 얘기에서 힘을 얻게 되었는지 주먹을 불끈 쥔다. 그래, 박정희 대통령으로서는 아닐 수 있겠는가. 군사 쿠데타 말을 들으면서까지 혁명을 일으켰는데 말이다. 그렇지만 만만치 않은 문제다. 국민들에게 보릿고개라도 해결해 주지 못하면 박정희는 국가의 역적이라고 해도 할 말이 없을 것이기 때문이다. 생각을 해보면 잘못일 수도 있는 월남 파병이다. 월남 파병으로 인한 전사자가 얼마였던가. 무려 5,099명이라는 젊은이들의 목숨을 잃게 한 것이다. 물론 월남 파병은 미국과 동맹국이라는 관계 때문에 어쩔 수 없기는 했어도 말이다. 월남 파병 결정을 내렸다는 말을 들은 날 아내 육영수도 울었고, 같이 울었지만 말이다. 아마 후세에 사람들이 내 무덤에 침을 뱉을지도 모르는 일이지만 말이다.

"저에게 부탁이요?"

"류 교수가 국가를 위해 수고 좀 해주면 좋겠는데, 어려울까요?"

"제가 할 수 있는 일이 있을까요?"

"당연히 있지요."

"제가 할 수 있는 일이 무슨 일인데요?"

"덴마크를 모델로 한 새마을 운동이지요."

"예, 알겠습니다. 그런데 한 가지 말씀드릴 것은, 나중에 제가 그만두고 싶어 말씀을 드리면 곧바로 결재해 주십시오."

'그렇다. 지금까지 우리 민족은 삼강오륜이나 달달 외우고, 조상묘 섬기는 일에나 모든 정성을 쏟으면서 살았다. 우리나라가 이렇게만 살아서는 보릿고개는 그대로일 것이다. 그러니 전날 풍습을 새로운 풍습으로까지는 아니어도, 젊은이들이 재능을 발휘할 수 있는 터전을 만들어 주는 것이 국가적 과제다. 그것을 박정희 대통령이 깨달아 5·16이라는 혁명을 일으킨 것이다. 그렇다면 미력하나마 나도 협조를 해야 한다. 나라를 구하겠다는 박정희 대통령의 눈빛에 간절함이 서려 있다.'

"그런 왜요?"

"저는 하고 싶은 공부를 더 해야 해서요."

"그렇다면 할 수 없지요."

그렇게 해서 새마을 운동이 시작되는데, 당시 민관식 문교부 장관 지시에 의해 대학교 총장들부터 중·고등학교 교장들까지 공무원 체육관에 모이게 한다. 그렇게 모이게 한 취지는 새마을 운동 깃발을 들자는 것이다. 그리고 새마을 운동 얘기를 박정희 대통령이 해야 맞지만, 류태영 교수가 대신하게 한다.

행정적으로 맨 앞에 서 계시는 시·도시 지사님들, 교육을 책임지신 대학 총장님들, 그리고 어린 학생들을 가르치고 계시는 교장 선생님들 안녕하세요. 이런 어마어마한 자리에 청와대의 일개 행정관이 선다는 것은 자리를 해주신 여러분들을 무시하는 무례의 태도는 아닐까 합니다. 그렇습니다. 이 자리는 어떤 자리입니까. 당연히 박정희 대통령께서 서 계셔야지요. 그렇지만 대통령님 분부에 따라 할 청와대 일개 부서 담당관이 서게 되었음을 먼저 양해 부탁드립니다. 그리고, 방금 사회자님께서 저를 소개하실 때 박사라고 소개해 주시던데 저는 박사가 아닙니다. 물론 석사도 아니고요. 그냥 청와대 새마을 운동 부서 담당관일 뿐임을 우선 말씀드립니다.

제가 이런 자리에 서기까지는 그만한 능력이 있어서도 아니고, 그렇다고 아는 것이 있어서도 아닙니다. 말씀드린다면 며칠 전에 박 대통령님이 부르셔서 독대한 일이 있는데, 말씀드리지 않아도 제가 누군지를 아시는 분도 계시리라 싶지만 저는 우리나라와는 정반대로 잘사는 덴마크에서 유학을 했습니다. 물론 유학할 만한 능력을 갖춘

것도 아닙니다. 저를 아시는 분이 계실지 몰라도 너무도 가난해 덴마크 국왕 앞으로 장문의 편지를 쓴 것이 효과로 나타난 것입니다. 어떻든 그것을 대통령께서 어떻게 아셨는지 좀 보자고 해서 갔더니, 제 얘기에 푹 빠져 장장 다섯 시간을 붙들고 계시면서 '그래, 그 어떤 세력이 가로막는다 해도 뜻한 바를 기필코 해내고야 말겠다.'는 각오에 찬 눈빛을 보이셨고, 어느 얘기에서는 눈물까지 보이셨습니다. 그래요, 대관절 무슨 얘기를 했기에 그리도 강직하신 대통령께서 눈물까지 보이셨을까 궁금하실 것입니다. 말씀드린다면, '젖먹이는 젖이 안 나온다고 칭얼대며 울고, 엄마는 먹은 것이 없어 빈 젖만 물려주게 돼 미안해서 울었다.' 얘기에서는 눈물을 흘리셨습니다. 물론 말하는 저도 눈물이 났고요.

자리를 해주신 여러분들, 우리가 이 얘기에서 눈물이 안 나온다면 이런 자리에 올 필요도 없고, 제 얘기를 들을 필요가 없을 것입니다. 사랑하는 어린 자식에게 젖조차 충분하게 먹일 수 없다면 어찌 사람이 사는 인간사회일 것이며, 국가이겠냐는 것입니다. 박정희 대통령님과 얘기가 길어지다 보니 점심까지 대접받았는데, 밥상은 식당도 아닌 얘기 자리에 그냥 먹자고 해서 먹게 되었습니다. 밥상에 올려진 반찬을 보니, 특별할 수도 없는 낙지젓갈, 기름과 소금을 묻혀 구운 김, 한민족 밥상에 빠질 수 없는 묵은 김치, 방금 버무린 봄동 김치, 북엇국 그리고 간장뿐이었습니다. 그래도 저의 종교가 기독교라 '기도 한번 하겠습니다.' 하고 기도를 했는데, 기억으로는 다음과 같습니다.

"하나님 아버지, 오늘 점심은 박정희 대통령님과 함께합니다. 하나님 아버지, 우리나라는 날로 발전하는 서구사회와 유럽사회와는 달리 보릿고개를 아직도 넘지 못하고 있는 상태입니다. 그래서 박정희 대통령님께서는 그리도 넘기 힘든 보릿고개를 없애기 위해 혁명을 일으켰습니다. 그것도 목숨을 담보로 하지 않으면 아주 위험함을 무릅쓰고요. 때문으로 박 대통령님은 새로운 대한민국을 건설하고자 일개 대학교수인 제 얘기까지도 귀담아들으시고자 하십니다. 하나님 아버지, 박 대통령님께서는 가난을 숙명으로 해야 하는 대한민국을 잘사는 서구나 유럽처럼 만들자는 목표로 몸을 불사르고 계십니다.

그렇지만 나아가는 길에 거대한 장애물들이 한둘이 아닙니다. 오래전부터 굳어진 잘못된 생활 습관들, 벼슬을 가문의 영광으로 여기려는 어처구니없는 정치인들, 지시는 하지만 자신의 보신에만 묶여 있는 관료들, 이것들을 다 깨부수지 않고는 새로운 대한민국 건설이 어렵겠다는 생각입니다. 함께 계시는 박 대통령님께 능력의 힘을 주소서.

하나님 아버지, 우리 대한민국도 여느 국가들처럼 한번 잘살아보고 싶습니다. 단군 조상으로부터 이어져 온 넘기 힘든 보릿고개가 더 이상 없게 하려고 박 대통령님은 눈물까지 보이고 계십니다. 이 점 하나님 아버지께서 굽어살피소서. 정말 안타까운 것은 젖먹이는 젖이 안 나온다고 칭얼대며 울고, 엄마는 먹은 것이 없어 빈 젖만 물려주게 돼 미안해서 울고 있습니다. 하나님 우리나라가 이런 지경입니다.

하나님 아버지, 이런 가난만이라도 해결하고자 박 대통령께서는 몸부림이십니다. 많은 정치인들은 그것도 모르고 아니, 알 필요도 없다는 듯 자기가 잘났다는 목소리만입니다. 국가 건설에 당연히 협력해야 함에도 아닌 것 같습니다. 도움이 필요한 주변 국가들을 봐도 그렇습니다. 우리나라를 도울 마음이기는커녕 자기네 국가의 영토로 만들고자 호시탐탐 노리지 않나 싶습니다. 박 대통령님은 이런 악조건에 있는 대한민국 대통령 자리에 서 계십니다.

하나님 아버지, 우리 민족은 침략만 당했을 뿐 다른 나라를 침략해본 적은 단 한 차례도 없었습니다. 우리나라는 선민국가입니다. 하나님 아버지, 박 대통령님을 좀 도와주소서.

하나님 아버지, 박 대통령님에게 지치지 않을 만큼의 건강도 허락해 주시고, 지근거리에서 박 대통령님을 보필해 주시는 영부인에게도, 한창 성장기에 있는 자녀들에게 영특한 은혜 내려주시고, 청와대에서 근무하는 직원들을 위해 밥상을 차려주시는 분들에게도, 청와대 직원들에게도, 전국 방방곡곡에서 나름의 일을 하시는 국민들에게도 하나님의 축복 내려주소서. 주신 음식 감사하게 먹겠습니다. 이런 음식 정도는 우리 국민 모두가 부족함 없이 먹을 수 있도록 도와주시옵소서."라고 기도를 했습니다.

자리를 해주신 여러분, 저는 덴마크가 잘살게 된 이유를 발견했습니다. 말씀드린다면 덴마크는 얼마 전까지도 희망이라고는 찾아볼 수 없던 가난을 숙명으로 알고 살던 나라였습니다. 아시는 대로 덴마크는 기독교 국가입니다. 기독교는 희망을 말하고 실천해야 하는 종교입니다. 그러함에도 기독교 지도자들조차 기득권을 내려놓지 않는 것입니다. 아니, 생각조차도 않는 것입니다. 그래서 그룬트비라는 젊은이가 목사가 되겠다고 아주 우수한 성적으로 공부를 마쳤지만, 목사 자격시험을 치르는 자리에서 거룩한 척하는 기성 목회자들의 심기를 건드리는 설교를 한 것입니다.

설교 제목이 '덴마크 교회 지도자들이여, 회개하십시오!'입니다. 시험관들은 새파란 젊은 놈이 건방지다는 이유로 심사고 뭐고 그를 멀리 떨어진 섬으로 발령을 냅니다. 그는 교회를 개혁하고 나라를 구하겠다고 일어섰지만, 조그마한 섬에 유배를 당하다시피 된 것입니다. 그래서 그룬트비는 신경쇠약에 걸려 잠도 이루지 못하고, 나중엔 헛소리까지 해가며 폐인 직전에 이릅니다. 그룬트비는 뜻한 바가 있어 용감하게 나서려 했으나 유배를 당했다는 생각에 절망하고 희망을 잃어버린 것입니다. 그런 얘기를 더 하자면 시간이 모자라 여기까지 하지만, 박정희 대통령께서는 제 얘기를 들으시고 새마을 운동 부서실을 당장 두자고 하신 것입니다. 그러니까 대통령께서는 제 얘기를 들으시고, "류 교수, 국가를 위해 수고 좀 해주면 좋겠다."고 해서 "그러겠다."고 대답한 것이 새마을 운동비서관으로 서게 된 시작이 되었고, 박정희 대통령께서 해야 될 말을 제가 대신 하게 된 이유입니다.

그러나 저는 해야 할 공부 때문에 청와대에는 잠시만 있을 것 같습니다. 잠시만이라도 최선을 다할 각오입니다. 저는 너무도 가난해서 머슴을 살기까지 했는데, 다른 친구들은 대학 갈 준비를 할 18세에서야 비로소 괜찮게 사는 집 아이들을 돌보는 조건으로 중학교에 가기 시작했고, 어찌어찌해서 건국대학 야간 학교에 다닌 것입니다. 이 자리에 계시는 분 중에 저보다 더 어렵게 공부를 해, 지금의 자리에 선 분들이 계실지는 몰라도 저는 그랬기에 새마을 운동이 절실하다는 생각입니다.

자리를 해주신 여러분. 우리는 기성세대로 앞으로 국가를 짊어질 일꾼들을 키워내야 할 의무를 진 것입니다. 외람되지만 정치를 하시는 분들에게도 한 말씀 드리겠습니다. 국회의원이라는 티를 내지 마십시오. 정치 구단이라는 말도 하던데, 그런 말속에는 사기꾼이라는 말도 포함된다는 것을 의원님들께서는 기억하십시오. 말하지만 그것은 스스로를 낮추는 꼴이 되고, 후진국 국회의원임을 만천하에 공개하는 처사이기 때문입니다. 잘못 들은 얘기였으면 하지만, '감히 국회의원한테 무슨 짓이야!' 했다는 말은 정말 아닙니다. 이런 구태를 없애고 새로운 국가를 만들자는 것이 새마을 운동입니다.

덴마크의 그룬트비는 '하나님 사랑, 이웃 사랑, 덴마크 사랑'을 외쳤습니다. 그런 외침에 청년들이 변하기 시작했고, 그래서 나라가 변하였습니다. 그 결과 덴마크는 세계 1등 국가가 될 수 있었습니다. 지금도 덴마크 사람들은 그룬트비 목사를 국부로 여깁니다. 덴마크 곳곳에는 그룬트비 목사의 동상이 세워져 있음을 보면서 우리나라도 그룬트비 목사 같은 인물이 나왔으면 합니다.

그래서 제가 말씀드리고 싶은 것은 넥타이는 결혼식에 참석할 때나 매자는 것입니다, 구두도 마찬가지이고요. 아까 청와대 밥상을 얘기했는데, 진수성찬은 그동안 배고팠던 분들에게 주자는 것입니다. 그리고 중요한 것은 지시가 아니라 자발적 심리를 끌어내자는 것입니다. 그러려면 먼저 양복도 구두도 버린다는 생각으로 하고, 지금 타고 다니시는 자동차를 없애기부터 해야 합니다. 과감히 말입니다.

여러분들 지금의 위치가 가문의 영광이 아니라, 국가를 살려내느냐 그렇지 못하느냐의 갈림길에 있기 때문입니다. 그래서 조심스런 말씀이나 주차장에 세워진 차들을 보니 아주 비싼 고급차들도 있던데, 그런 차는 오늘부로 없애고 대중교통을 이용하자는 주장을 하고 싶습니다. 정 급하면 택시를 이용하는 것입니다. 자가용이 집집마다 있을 때까지는 말입니다. 공직생활을 하면서 자가용을 버리기 어렵다면 현직에서 내려오는 것이 맞을 겁니다. 옷차림도 그렇습니다. 시장에 가는 차림으로 말입니다. 이것이 공직자로서는 최소한의 행동이라고 저는 감히 말씀드립니다. 그러니까 공직자로서 국가를 위해 내 한 몸 바치겠다는 각오 말입니다. 다시 말씀드리면 스스로 모범을 보이는 것입니다.

아까 덴마크의 사례를 말씀드렸습니다만, 국가 발전에 당연히 앞장서야 할 목회자들이 젊은이의 외침을 껄끄럽게 생각하고, 거룩한 척, '하나님이… 예수님이…'라며 알아들을 수도 없는 주문 외우듯 그래서는 국가 발전은 백년하청일 것이라고 감히 말하고 싶습니다. 오늘 얘기는 여기까지입니다. 제 얘기가 들으시기에 불편하셨는지

모르겠지만, 끝까지 경청해 주셔서 감사합니다.

오늘날이야 TV로 다른 나라에서 일어나는 일까지도 실시간으로 알 수 있는 그런 시대이지만, 해방을 맞은 당시에는 같은 동네에서 일어나는 일 말고는 알 수가 없었다. 그래서 많은 사람이 굶어 죽었지만 내 동네가 아니면 몰랐다. 국민소득 3만 불 시대에서 보면 거짓말 같지만, 1960대 말까지도 거지 국가였음을 당시 사람들은 기억할 것이다.

"류 교수, 손 좀 만져봅시다."

박정희 대통령은 류태영 교수의 손을 붙들고 얼굴을 빤히 쳐다본다.

'그래, 내가 무엇 때문에 혁명을 했는가? 류 교수가 말한 것처럼 전날의 생활 방식을 깨부수고 전혀 새롭게 하자고 나선 것이 5·16혁명 아닌가. 이승만 대통령 정권은 썩었다고 4·19가 들고 일어나 성공했지만, 목적도 없이 이승만 대통령 정권을 끌어내리기만 했지 구태는 그대로인 상태로 정치인들은 대통령 자리만 욕심내지 않았던가. 마음 같아서는 모두 해치워버리고 류 교수를 대한민국 차기 대통령으로 키우고 싶다. 정말이다.